莫怀戚

Mingjia Jingpin Yuedu

名家精品阅读

小说·散文

莫怀戚◎著

吉林出版集团/吉林文史出版社

一套批注式阅读的好书

李晓明

　　批注式阅读是我国传统的阅读方式之一。有些读者喜欢读书时在文中空白处写下自己独到的见解和感受，留下阅读时思考的痕迹，这样的阅读就是批注式阅读。

　　我国从古代开始就风行批注式阅读。俗称"春秋三传"的《左氏春秋传》《春秋公羊传》《春秋谷梁传》因对《春秋》的出色批注而出名，这三本批注式读本的出现，为《春秋》的广泛传播起了推波助澜的作用。汉魏时期，郦道元也因批注《水经》，而使他写的《水经注》名誉天下。东晋时期史学家裴松之批注的《三国志》，在查阅大量史料的基础上，以超过原文三倍的批注内容丰富了原书，使许多失载的史实得以保存。明清以来，小说盛行，批注之风日盛。如金圣叹批注《水浒传》，毛氏父子批注《三国演义》，张竹坡批注《金瓶梅》，脂砚斋批注《红楼梦》。这些优秀的批注笔记随同原著一起刊出，风行一时，成为其他读者再次阅读时的可贵借鉴，也成为文化界交流的重要方式之一。

　　近现代以来，批注式阅读仍然是伟人和有思想的文人读书的重要方式之一。毛泽东就有不动笔墨不读书的习惯。《毛泽东点评二十四史》对中国历史的研究和独到见解为世人所叹服。鲁迅先生也提出读书要眼到、口到、心到、手到、脑到。

国外的很多文学家和伟人也有批注式阅读的习惯。如列宁的《哲学笔记》就是由他读书时的批注和笔记汇编而成的马克思主义哲学的经典著作。

批注式阅读不应该只是文学家、史学家、哲学家的专利，它完全可以被普通的读者所掌握，成为一种值得提倡的阅读方式。当前，在中学广泛使用批注式阅读方式培养学生读书能力的，当首推东北师范大学附属中学。他们的具体做法是：全班同学同时阅读同一本书，每个人都在书旁的空白处写下自己的"书间笔痕"，在篇末写下"篇后悟语"。然后在全班的读书报告会上交流自己的感悟，写得最好的感悟文字作为全班的阅读心得在年级进行交流，再选出最好的感悟文字集结成书。东北师大附中在进行"语文教育民族化"的教改实验中，把批注式阅读的成果汇编成《启迪灵性的语文学习方式孙立权"批注式阅读"教例》，成为各校开展批注式阅读的范例。

批注式阅读的好处是显而易见的。

首先，批注式阅读培养了读者的思维能力。与一般的读书不同，批注式阅读强调读者对读物的思考和独到的见解。大师们写下了自己的作品，有了自己的话语权。作为读者的我们，也不能丧失自己的话语权，不能只是被动地阅读别人的作品。批注式阅读提倡读书时发表个人的独到见解，即所谓"一千个读者就有一千个哈姆雷特"。鲁迅先生在《读书杂谈》中提倡读书时"仍要自己思索，自己观察。倘只看书，便变成书橱"，诺贝尔文学奖获得者萧伯纳和德国哲学家叔本华也都告诫过读者，如果读书时只能看到别人的思想艺术，不用自己的头脑思索的话，实际上是把自己的脑子让给别人做跑马场。

孔子曰"学而不思则罔"，讲的也是同样的道理。如果不想把自己变成只会吸收别人思想的书橱，或者让自己的头脑完全变成别人的跑马场，那么，就学习一下批注式阅读吧。

其次，批注式阅读培养了读者的写作能力。因为批注式阅读是一种不动笔墨不读书的阅读方法，它直接培养了读者的写作能力。尤其是每篇作品后面的"篇后悟语"，简直就是一篇完整的评论文章。读书时常常动笔把自己的点滴体会记录下来，坚持这样做，一定会在写作能力的培养上有巨大的收获。

再次，批注式阅读促使读者自觉扩大阅读的广度。在东北师大附中的批注式阅读教改实验中发现，同学们为了提高自己的批注水平，常常出现"以文解文"、"以诗解诗"的情况。即阅读一篇文章或一首诗时，引用同类作品进行解读，批注效果往往令人拍案称奇。在批注王维的《辋川闲居赠裴秀才迪》的"倚杖柴门外，临风听暮蝉"一句时，就有两名同学分别写到："颔联与王籍《入若耶溪》中'蝉噪林逾静，鸟鸣山更幽'有异曲同工之妙：用声响来反衬所在环境的静雅清幽。""这是'居高声播远，因是藉秋风'，与虞世南的'居高声自远，非是藉秋风'不同。"同学们为了写出自己的独到见解，查阅更多的同类作品，不仅提高了自己的批注水平，也扩大了知识面。

最后，批注式阅读为读者间的交流提供了平台。一般认为，读书只是个人的活动，与他人无关。但批注式阅读不同，它可以把批注的成果提供给别人，成为大家交流思想和见解的平台。像脂砚斋批注的《红楼梦》、金圣叹批注的《水浒传》等，对后世读者的启迪作用是有目共睹的。即使在中学生中进行的批注式阅读，也在全班、全年级乃至更大的范围内，提供了大家交流思想、发表不同见解的平台，这种同龄人之间的读书心得交流，是非常有益的。

我们出版的这套"名家精品阅读"与同类读物不同，它不仅向读者提供了优秀的文学作品，同时在每一页给读者留下了写批注式阅读心得的空间，使读者可以很方便地、随时写下自己的读书心得。如果几十年后，拿出本书看一看，你会惊喜地看到自己当年心灵成长的轨迹。

我们在每本书的前面精选了一篇作家的代表作进行批注式阅读，给大家提供一个样本。读者们也可以根据自己的喜好，从不同的角度进行批注。相信读者们一定会写出比范文更优秀的读书心得，让阅读成为一件非常快乐的事情。

2011 年 9 月于东北师范大学文学院

走近文坛"怪才"莫怀戚 ✎

李萌

　　莫怀戚，重庆人，笔名周平安、章大明，当代作家。中国作家协会会员，重庆作协副主席，性格颇具重庆人耿直、豪爽、奔放的特点。1966年到四川内江插队，1978年以"老三届"的身份考入四川大学，1982年毕业于四川大学中文系，1995年加入中国作家协会，现为重庆师范大学文学与新闻学院新闻系副主任、教授。

　　莫怀戚老师被喻为中国文坛"三大怪才"之一，实至名归。

　　一"怪"：他特立独行。从他早期的作品中就可以看出来，不拘泥于形式，敢于创作。20世纪80年代中期以前，莫怀戚老师作品中的"纯小说"大都有亲历的生活基础，生活气息比较浓郁，人物形象鲜明，而且大都彰显个性和时代特色。同时也显示了他善于观察生活、体察人物心灵和驾驭故事的才华。20世纪80年代中期以后，他的视角转向了对知识分子群体间的人际关系、生存状态和心灵世界的关注。其中特别对婚恋、家庭伦理领域倾注了极大的心力，进行了深入地探索，并取得了令人瞩目的成就。他热爱文学创作，视写作为生活的一个重要部分，并多年如一日，倾心写作与创作。

　　二"怪"：他作品种类繁多。莫怀戚老师从事文学创作三十余年，能胜任多种文学体裁，尤以小说见长。20世纪80年代初期至今，已发表各类小说五十余部，另外还有各类散文随笔、小品文近千篇。对一位以教师为职业，而写作仅是业余的作家来说，作品如此高产，在当今作家中是难能而鲜见的。

三"怪"：他文笔细腻，底蕴深厚。莫怀戚老师所著的文学作品，既好看好读，又高雅独特，贴近生活、注重细节，从社会现实取材，大处着眼，小处动笔，哲理深蕴，却不失大家风度。他行文张弛有度，跳跃而有节奏，举重若轻。可以让读者在品读他的作品后，有愉悦、舒畅之感。尤其是他作品中涉及到大量中外学术理论，包括哲学、医学、心理学、精神学、刑侦学、法医学、社会学、遗传学、伦理学等，可见他博闻强识，有深厚的文化知识底蕴。

莫怀戚老师的代表作很多，早期有短篇小说《月下的小船》《金神》《南月一》等，中篇小说《都有一块绿荫》《混沌婚事》，以及让他名噪一时的《诗礼人家》等；中期有《大律师现实录》《南下奏鸣曲》《透支时代》《经典关系》《东方福尔摩斯探案集之一情人的结局》《东方福尔摩斯探案集之二睡美人之谜》《东方福尔摩斯探案集之三饮鸩情人节》等；后期有长篇小说《重庆性格之白沙码头》等。在散文方面，《散步》和《家园落日》可以说是最具代表性的两部作品，并且这两部作品已经被收录在中学语文课本教材中。

其中，《大律师现实录》是莫怀戚老师创作生涯中一部比较重要的作品。它主要是借助都市男女的恩怨情仇来一展其心理分析与逻辑推理的超常智慧，他想带给读者的是侦探小说惯有的严密的逻辑推理，而都市生活本身其实并不是他要着重深究的意义对象。莫怀戚老师曾对这部作品有过这样的评价："我一开始写的并不能叫侦探小说，我自己给了个界定，叫心理推理小说。大致意思是，根据人的心理特点可以推断出他在什么情况下将如何行事。我如此定位，旨在避开阿加莎·克里斯蒂和松本清张，同时让小说更'文学'而非更'案件'。"莫怀戚老师的母亲早年研习法律，并且他有一位教授刑事诉讼法课程的弟弟，注定其在侦探小说这条路上不满足止步于此。之后，他又创作了《东方福尔摩斯探案集》系列心理推理式侦探小说。在这一系列作品中，莫怀戚老师将心理分析深深根植于情节发展之中，使整部作品处处充满了一种"东方福尔摩斯"式的睿智与幽默，并无一点为哗众取宠而故弄玄虚之嫌，是一部求实、严谨、不可多得的侦探作品。美国资深图书评论员Ｊ·Ｋ伍尔夫对这部作品作出过这样的评价："莫是一位设局大师，意外的凶手，意外的结局……令每一位阅读者都能有意想不到的收获。"如果是喜欢心理推理式侦探小说的读者，推荐您一定要把握住这个和大师心灵沟通的机会。

还有《重庆性格之白沙码头》更是一部在文坛上有着举足轻重意义的作品，中国作家协会对其评价很高。莫怀戚老师的这部作品，对人类的欲望和人性进行透视，以粗犷、豪气的码头文化为基础，小说浓墨重彩地对人的欲望进行了张扬，对人类最本真的人性进行书写，由此实现了一场生命的狂欢。对于这部作品在重庆还召开过几次学术研讨会，与会的专家学者一致认为："《重庆性格之白沙码头》不是一般意义上的传奇小说，其内涵深厚，信息量极大，它所展示的民间生存智慧和作家的民间艺术立场相当鲜明而感人，特别是对我们反省现实、反省历史、反省我们当代人自己具有不可替代的价值意义。"研讨会上大家还就该作品里的人文精神、审美倾向和其中所体现的"重庆性格"做了简短的交流，并对"莫怀戚现象"和"莫怀戚价值"做了一定程度上地剖析。其中有人给予了莫怀戚老师及其作品很高的评论，称他是一位"写人性的高手"，认为这部作品多少占据了当时中国思想的"精神制高点"。

在散文体裁的作品中，《散步》是一篇秀美隽永、内蕴丰富的精美散文，它像一首动人心弦的诗，一支感人肺腑的歌，颂扬了我国人民尊老爱幼的传统美德。读过这篇文章，我们的心灵会随着作者优美的文字在亲情、人性、生命这三个方面得到熏陶，读后，有如接受了一次道德的洗礼。

他的中篇小说《诗礼人家》获"四川文学奖"，其他中篇小说也累获《当代》文学奖，此外，长篇小说《经典关系》口碑极佳，被读者曾一度推举为《当代》拉力赛年度总冠军。

回首当下，当年的"三大怪才"王朔和王小波已经成为了两大教主，而莫怀戚老师却选择的了急流勇退。"视写作为生活的一部分，写作必得使其愉快，否则不写。胸无大志，重视世俗生活中的乐趣，所以虽有心走红，却无心较劲，尽力而为后听其自然。"这是莫怀戚老师对自己的评价。我们不得不说他真是一个有个性的人。我很荣幸能将莫怀戚老师这样一位坦荡、果敢的人和他的作品介绍给大家，愿大家伴随莫怀戚老师的自由意志，让我们的思绪肆意飞翔。

目录
contents

批注式阅读范例

散步

我们在田野散步：我，我的母亲，我的妻子和儿子。

母亲本不愿出来的。她老了，身体不好，走远一点就觉得很累。我说，正因为如此，才应该多走走。母亲信服地点点头，便去拿外套。她现在很听我的话，就像小时候我很听她的话一样。(1)

天气很好。今年的春天来得太迟、太迟了，有一些老人挺不住。但春天总算来了。我的母亲又熬过了一个严冬。

这南方初春的田野，大块小块的新绿随意地铺着，有的浓，有的淡；树上的绿芽也密了；田野里的冬水也咕咕地起着水泡。(2) 这一切使人想起一样东西——生命。(3)

我和母亲走在前面，我的妻子和儿子走在后

批注空间

（1）一个是持绝对信任态度的慈母，一个是心系母亲身体状况的孝子，亲情是需要用光阴去细细体悟的。

（2）在作者细腻地描写下，一幅生动的南方早春图跃然纸上，让我们更深层次地感受到生命与大自然唇齿相依、共生共荣的关系。

（3）前文中提到"我的母亲又熬过了一个严冬"与此处的感悟相呼应，使作者触景生情，联想到母亲战胜了严冬，战胜了疾病，由此感慨生命的伟大与坚强。

1

（4）此处描写表现了作者儿子这个年纪应有的那种天真、聪颖、机灵，及一家四口的和美及温馨，进一步让读者感悟到生命之美、传承之美。

（5）一边是年迈的母亲，一边是生机勃发的幼子，陷入两难境地的作者还是决定"尊老"优于"爱幼"，这种精神是难能可贵的，毕竟人们多数会觉得初升的太阳要比日落西山来得更具生命的意义，但作者却将雏鸟知反哺、羔羊亦跪乳的精神摆在了首位，可见其孝顺的品行之高。

（6）这是长辈对孙辈宠爱之情淋漓尽致地描写，母亲又熬过了一个严冬，说明母亲身体本就欠佳，能出来散步已属难能可贵，现又迁就孙儿走崎岖小路，可见这一家四口之间爱的体谅、理解和关爱。

面。小家伙突然叫起来："前面也是妈妈和儿子，后面也是妈妈和儿子。"我们都笑了。（4）

后来发生了分歧：母亲要走大路，大路平顺；我的儿子要走小路，小路有意思。不过，一切都取决于我。我的母亲老了，她早已习惯听从她强壮的儿子；我的儿子还小，他还习惯听从他高大的父亲；妻子呢，在外边，她总是听我的。一霎时我感到了责任的重大。我想一个两全的办法，找不出；我想拆散一家人，分成两路，各得其所，终不愿意。我决定委屈儿子，因为我伴同他的时日还长。我说："走大路。"（5）

但是母亲摸摸孙儿的小脑瓜，变了主意："还是走小路吧。"（6）她的眼随小路望去：那里有金色的菜花，两行整齐的桑树，尽头一口水波粼粼的鱼塘。"我走不过去的地方你就背着我。"母亲对我说。

这样，我们在阳光下，向着那菜花、桑树和鱼塘走去。到了一处，我蹲下来，背起了母亲，妻子也蹲下来，背起了儿子。我的母亲虽然高大，然而很瘦，自然不算重；儿子虽然很胖，毕竟幼小，自然也轻。但我和妻子都是慢慢地，稳稳地，走得很仔细，好像我背上的同她背上的加起来，就是整个世界。

花样年月

下午五点，栀子吩咐伙计们准备晚餐营业。与此同时，她的丈夫东海已在首都机场降落，奔她而来。但她不知道。

她在盼"那个人"的到来，"那个人"是个很挺拔的男子。栀子是纯粹的南方人，但她不喜欢南方男子：不但瘦小，而且猥琐。

说不清是不是因为这个，她到北京开酒楼。她在人民大学学了四年营养学，对北京也很熟悉。选了魏公村这块地方，让附近的大学师生来吃她的川菜。川菜便宜。

栀子出门张望。她很有活力，所以性子急，好动。她的妹妹月季和她大同小异。她们两姐妹嫁了两兄弟。她们的父亲，全国有名的教育专家一生只喜欢两件事：研究斯宾诺莎（荷兰伦理学家）及其代表作《伦理学》；还有就是养花。他说："就算生的是儿子，也要用花来起名。"

有这样的父亲，栀子的气质自然高贵，在北京这样的地方尤其惹眼。美国汉学家罗伯特·欧文说："中国的美女分布在长江流域。"

此时，一辆挺不错的轿车立刻就在栀子脚边停下来了。不过，从车上下来的不仅是她的丈夫东海，还有他的弟弟南海。

栀子有些猝不及防，但也不能说人家是突然袭击。但昨天打电话来说最近要到北京开个会，今天就来了，总之有点那个。

弟弟南海看破心思，就说："我说要来干脆赶早，赶上香山红叶在。"后面这句像诗。南海是作家。

这两兄弟做派大不一样。弟弟有些油，走到哪里都很热闹；哥哥比较正经。栀子时常说小叔子"只可亲近，不可信任"。小叔子则涎着脸说："能够亲近就够了。"

哥哥东海已是教育学副教授，这是巧合，绝非为了取悦岳父。他性格沉静，像大理石。假如栀子性格如火，火能把大理石怎么样呢？

东海说："正因为如此，我们才是协调互补的整体。"栀子在理论上同意这话，但实际上总有什么差一点点不过瘾的感觉。

但栀子还是很欣赏东海的。她对父亲说这个人有定力。而且，这两兄弟，弟弟只是滑稽，哥哥才是幽默。

八年前两校学生联欢，栀子和北大的东海认识了。四年前他们结婚，女儿飞飞现在已两岁。

栀子毕业后先在饮食技校当教师，又到卫生局当干部，就在中、意合资的康复中心打算高薪聘请她时，她突发奇想，要自己开酒楼。

两边的老人都反对，说饮食业很苦，而且分居两地，家庭将有危机。但东海平静地说服了全体。他说："我理解她对成就感的向往，她是个在乎别人评价的人。而且她的生命力是那样旺盛，这几年又休息过度。不是钱的问题，她内心有对劳累的需要。"

两兄弟进了店堂，环顾四周。这时一个姑娘匆匆趋前招呼：

"大叔叔好！二叔叔好！"一把抓住亲热拉手，看来看去，久别重逢很兴奋。

这姑娘叫三妹，是从重庆跟上来当了领班的。早先是兄弟俩的母亲住院时临时请来当看护的，后来发现品行很好，又有悟性。好像这样的小村姑如今不可多得，便不舍得放了她，干脆请为长久保姆。还说好以后找人家，找工作，都给你包干。总之绝不误你终身。三妹也很心安，好像就愿意在以她的悟性认定的好人家里附属着了此一生。栀子北上时，踌躇着要一个可靠的人儿来管事，静默之中大家都想到了三妹。连三妹自己都想到了，就是这样。

南海问："怎么样啊，北京好不好？"

"地方好，人不好。"

两兄弟一齐叫了一声。东海说："一方一俗，习惯了就好了。"

三妹说："喂，都过来，见见老板！"几个身着绛红色制服的男女侍应生便靠拢来，瞪圆了眼睛看。东海和蔼地说："我不是老板，我是老板孩子他爹。"一阵欢笑弥漫在店堂里。

沉静的东海突然也有点兴奋，就跨进柜台里一屁股坐下来，还跷起二郎腿，扮一个重庆话所说全不管事的"跷脚老板"。

南海以一个卖文为生者（这是他给作家下的定义）的习惯逐一地看，就看见三妹躲躲闪闪地靠近栀子，听见她说"那个人来了"。

南海转过身，一眼就看见了"那个人"。

那个人身材高大，面色红润；头发黑亮，领带金黄。在北京秋天最后的艳阳里他的白衬衫和蓝西装一齐发出耀眼的光辉，整个儿一个英气逼人。

栀子和东海在北京上学时，大致上关西也在重庆上学。他在建筑大学里，专业是给排水。

他在大学里追求过一个叫苏舒的女同学。本地人，像只美丽的狐狸，妖冶而狡猾。但很有灵气，善解人意，捉弄人和抚慰人都信手拈来，游刃有余。

二年级上学期好起来，三年级下学期分了手。这是大学里的普遍现象。而个别的原因是，关西的北方大男子主义让人难以消受。狐狸的评价是：肝胆赤诚，心胸狭窄，回北方娶媳妇去吧。

关西非常痛苦，人几乎就要给毁掉了，但狐狸无所谓。她不是故意玩弄人，不是的。她只是比较能够拿得起放得下。优势在这种人一边。这种优势非同小可，相当本质。后来的关西慢慢反思，发现了这条人类法则。

但关西不该走了另一极端，即从极浪漫转而极现实。他毕业后回到北京，别人给他介绍了一个副部长的女儿。俗话说到了北京嫌官小，副部长是可用撮箕撮的。但关西还是得到副部长很大的帮助：一是仕途，关西很快当上了城乡建设委员会里的一个主任。这个职务在外国人听来不知所云，但在中国很有实权。二是海外关系，他结识了香港的庄氏集团。这个集团与李嘉诚、霍英东等是一个级别的，出了巨资为中华文学基金会设立一年一度的文学大奖就是证明。

副部长千金初初还是很温和的，后来渐渐现出了脾气。如果那一只是狐狸，那么这一只就是老虎了。北京土著女子像老虎的还不少，这说的是那架势，不是真的人有多么凶狠。

副部长千金也还匀称饱满，端正大方，挨关西站着也还很相合的。但她一恼了就有口头禅："关西我告诉你！不是我们家能有你的今天？"

这种居高临下让人憋气，有时候关西就还嘴："我的什么今天我的？"意思是也不算个啥嘛。

副部长夫人更甚,那种浸透了骨的优越感一滴就能碎了关西的心。有一次关西冲妻子发了脾气,丈母娘不胜惊讶,说:"咦,你们这种家庭出来的人也那么大脾气?"

关西的父亲是医生,母亲是职员,也不算太说不出口的。丈母娘的话点石成金,顷刻间成熟了他的世界观,让他明白了官儿们是怎样看人群的。

去年冬天一个傍晚,关西骑个车在小街里找点东西。从蒙古吹来的风将树叶一扫而光,树枝像伸向天穹的巫婆的枯手。天色灰暗,行人逃跑似的匆匆归家。关西却实感凄凉,突感不想回去。他将脚支在地上,双手插进裤兜左边看看,右边看看,就看见有个招牌很晶莹地亮了起来:枝子酒家。

他想难道是个日本娘们儿开的?不由想起那长长电视剧里的"阿信"。又不由心生好奇。去看看,一睹"阿信"的芳容!就这样推开了店门。

此时栀子正在厅里站着。她穿着浅灰的薄呢套装,脖子上的紫色纱巾打了个漂亮的结。亭亭玉立,体态优雅。关西脱口叫道:"不可能是日本人。"

这一声将众人都吓了一跳。栀子后来说:"都以为是什么人雇的杀手,来找日本人算账的。"

当时栀子过来,说:"这是川菜馆,重庆人办的。"

"小姐您是重庆人?"

"是。"

"那您讲句重庆话我听听。"

"重庆城,十八梯,有个大嫂笑嘻嘻。别个问她笑啥子,路上捡到老母鸡。"

"哪个可能白滋八滚捡到老母鸡呢?"关西也用重庆话问。白滋八滚即平白无故。

"母鸡从堡坎上飞下来，钻进吊脚楼下就看不到了嘛！"

大家都笑起来。这个男人带来了一团生气，栀子立刻有感觉。她请他坐下。

故意在北京说四川话的关西，给勾起了在重庆生活的回忆，尤其是那未遂的爱情。

而且栀子的样子、语气，还有手势，都同那当年狐狸相仿佛，比狐狸还高妙。这么说吧，那只狐狸就是狐狸，而这只狐狸是成了精的。关西一阵难舍难离，决定就在这里吃晚饭。

他站起来，换到角落里，收了笑容，叫三妹给他菜单。

他不愿老板觉得他套近乎想优惠，这是他的自尊；他更不愿老板因为乡情干脆招待了他一顿——重庆人就有这德性——这是他的善良。

他要了一个拼盘、一个豆腐鲫鱼、一个东坡肘子……三妹，这个忠心耿耿的领班大喜过望，不停怂恿"还要什么，还要什么。"当关西张口还想再说些什么的时候，栀子快步过来，夺过菜单，摇头笑问："你吃得完吗？"

关西本想说吃不完我打包，转念一想这么太露，太俗，弄不好还侮辱了人。他说："你当我一个人哪，我是来看地方的，我请客。"

关西掏出手机，劈里啪啦找人。平时那些起着哄叫请客的家伙，今儿个不是来不了，就是正吃了，要不就是传呼不回，手机不开……关西一急，又怕露馅，汗水就出来了。

栀子看在眼里，心下明白，止住三妹别忙上菜，说一会儿人来了再说。她很感动。这种一个女人被一个男人死命疼着的感觉她从未有过，她形容不出，只觉得快活得想哭。

总算来了两人。救星似的，关西打拱作揖，说："捡贵的点吧，老同学来京开店，碰上了不能不捧个场。"

走的时候关西瞥见墙上的营业执照。他笑起来："是栀子啊！为什么叫枝子酒家呢？叫栀子多好！"

栀子说："怕人不认识这字儿。别看这是天子脚下，读不出这音的多得是。"

关西深感惋惜，不停地摇头。末了他心生一计，说："哎，你大学毕业证书在不在啊？"

"在啊，怎么？"

"你弄出来弄出来，做个小框儿固定在柜台显眼的地方，让人一眼就知道这是营养大学士开的酒店。"

栀子照办了。这一招很见效，它弥补了这店档次不够高的不足，给做东的为惠而不费的招待一个非常别致的说法。

到这一步，领班三妹都是很喜欢关西的，一来了就用她非常"焦盐味儿"的"川普"关主任长关主任短。但后来她发现关西同栀子有了那种关系，她就非常反感了。她不是因为观念传统，或是心性保守，她只在维护主人的利益。第一在她内心深处，东海是主人，栀子就算是主母吧，也不能背叛主人；第二主母你何必为了那么点利润把自己搭进去呢？

但三妹不敢将自己的感情明告栀子，说到底她只是一个雇员。但她有她自己的方式让各方明白她的反感。

她将关主任改作"那个人"。她说："老板，'那个人'来了；或者"哎'那个人'你们哪个买单噢？"

另外就是同厨师串通了，将冰柜里放得越久的，越给他们弄了去。有几次她眼见有人将猪肚或心舌吐出来，将脸向着关西。关西摆摆手，自己夹一筷子吞下去，三妹就在一旁冷笑。

当然也免不了账上手脚。故意让"那个人"的熟人说："这地儿宰人狠哪，不来了。"但这个，栀子差不多都能发现了。她已经提防着这个她最为信任的自己人了。

终于有一天，主仆二人谈了话。

"三妹，关主任是不是得罪了你？"

"他不过就是个媒子嘛（北京话说的，托儿），你那么轻估他……是不是我们重庆的不是首都的人，那么下贱啊？"

"我？哪一点下贱？（语气严厉起来）你要给我说清楚。"

"我看那天他把手放在你的腿上。大腿上。"

栀子的脸红了。当时她就估计给三妹看到了，果然。

"他后来很认真地道了歉，说是被劝多了酒，昏头昏脑没很留神……你懂不懂？"

三妹这才有些释然，约略点一点头。

栀子闭上眼睛，心头说惭愧，惭愧，关西，我错怪你了，我不得已才这么说。

关西不喜欢歌舞厅。即使因为业务给弄去了，对柔情万千的三陪小姐也是敬而远之。栀子开始以为是做给她看的，后来听他的哥们儿也这么说，还抱怨他，她才相信了。不由纳罕了。他解释："不是因为观念，而是因为卫生，我不喜欢碰人人都能碰的女人。"

三妹说："娘娘你还是要多拿时间在店子里，猫儿不在，耗子总是要弄事的，我也不过是只大耗子，不可能哪个都怕我。"

三妹很聪明，她会弦外音。弦外音是不让她同关西常在一起。

"关门以后我出去，要串门，同人喝茶，甚至上夜总会，那是应酬。应酬也是业务，不应酬没有团体客人。"

其实所有的应酬都是由关西去，她只应酬关西。其实说她应酬关西已不正确，正确的是她自己需要关西。

有一次，那是在重庆，南海给一个哥们儿介绍了女朋友。哥们儿听说那女的在深圳待了四年，面都不愿见，还说了句让稍微有点女权的栀子很反感的话，"能在那种地方待这么长的女人，一个干净的也没有。"

当时对"那种地方"的理解，是南方沿海，特区，人们特解放……现在看来"那种地方"其实没有南北之分。

深圳也罢，北京也罢，只要是远离家乡，孤独寂寞，一样地要发生"不该发生的事"，甚至连程序也都一样。

整个程序中真正的催化剂只有一种，说出来耸人听闻，就是寂寞。

动物能耐寂寞，人不能；古代人能耐寂寞，现代人不能；头脑简单的能耐寂寞，头脑复杂的不能。

栀子显然属于最不能的。像三妹和那帮小帮工吧，打烊以后看电视，赌牌，乐此不疲。而栀子觉得每一个频道都没意思，所有的游戏都无聊。要游戏只有去游戏同自己一样复杂的人，当然同时也将自己游戏进去。

北方人打烊早。不到晚上十点，一切就绪，关门大吉。这时候就盼着有点什么事。盼有事就是寂寞……有天栀子因为寂寞翻字典玩，看见对寂寞一词的解释是"孤单冷落"，不禁笑起来，感到没说到点子上，还不如说盼有事。

所以当第一次关西打电话说出来喝喝茶吧，栀子久旱逢雨似的客气话都忘了说就答应了。

喝茶得说话，两人对喝尤其得说。说话不能光说张三李四王麻子，或者天气堵车新鲜事——老不往深里说那就是不耐烦，没感觉。因此到后来就要说对方，说自己……有一种序幕就拉开了。现在就是这样。90%的序幕都是这样。

三妹低低地给栀子报了警，说："那个人来了。"栀子一阵慌乱。三妹反应快，说："我带叔叔去看门面。"她想将东海引出去。

但还是晚了。晚了是因为三妹那一个迅疾的转身引起了关西的警觉。处在这种状态中的男女有天然的警觉。换句话也可以说情人的警觉超过配偶。

关西抢前两步进了店堂。这个"抢"字，是他后来给栀子发牢骚时用的。古汉语的"抢"，谓冲。关西说："我并没有冲，我只是紧赶了两步，怕有假。"结果看见了真的——就是那个跷着脚正掌柜的男人。三妹的样子表明了那人是掌柜——他掌掌柜的柜。

当时，东海并没发现什么。他收起腿，笑眯眯地起了身，跟着三妹往外走。经过关西时他还是没发现什么，但关西判定了他是栀子的……人。自己人。

关西心直，不错；而且关西心细如毫。北方的男人心更细，他们只是牛高马大，举止粗放而已。关西扭头看栀子。栀子一如既往无所顾忌地向他走来。但栀子瞳仁的后面和下巴的下面还是让他感到了她小小的动作里面有大大的东西。

关西稳住自己，轻声地问："今天有什么事儿？"他想问的是人。

栀子无所谓地笑笑，也轻声说："出差的老乡来看看我，两个。"她明指了一下刚出门的东海，又暗指了一下在后面看墙上墨迹的南海，"等会儿你替我陪他们喝酒。"

关西暂时释然。释然的不是老乡，而是两个。而且栀子依然一如既往地亲自取下啤酒杯，斟满啤酒放在柜台上，更让关西释然。

但接下来栀子做过了头。她亲自将关西专用的吧凳从柜台里提出来，放在柜台外，说："喝你的酒。"

近半年来关西已经习惯了将这里当成"自己的玫瑰酒吧"。有一天他来的时候栀子突然给他安好一只蒙皮的吧凳，将一只仿佛德国人的啤酒杯放在柜台上。这两样东西从此成了他的专用。他在可能的时候就提前下班来到这里，像电影里那样坐在柜前，一边喝酒一边同栀子说话。到后来他就自己张罗一切。这样更自己人，尽管他知道栀子已结婚。所以今天栀子这么一做他立刻有了感觉。

但是栀子过人的胆魄稳定了局势。她敢让关西来陪东海兄弟喝酒，尽管关西说："不好，算了。"

即便如此，能够以卖文为生的作家南海还是从嫂嫂的背影窥见了她方寸已乱，更何况他已经听见嫂嫂将哥哥说成"老乡"。一瞬间他有了武松的感觉。但他立刻打消了这种感觉，装作什么也未觉察，沿墙壁一路浏览过去，自然而然出到门外，去同哥哥和三妹看门楣、灯箱，对斜靠着的菜谱大牌上的阿拉伯数字指手画脚。"阿拉伯民族对世界文化最大的贡献不是别的，"作家说，"就是数字写法。以至于电脑显示也只能用它，啧啧，简直是天赋神授。"

关西略一踌躇，决定离开。男人一样有直觉。他走到门口时听见三妹在叫"二叔"，他听得出那方言中的熟悉和亲切。三妹同他与同这两个男子完全不是一回事。

他扫了一眼那边，立刻感到那是两兄弟。那么一个是二叔，另一个是不是大叔呢？

他回头张望，栀子不在店堂里。他突然一阵难过，心窝被掏空了似的，不觉哼出了声。他按住心口，恍兮惚兮走开去。

栀子在哪里？在厨房。她生平第一次站在丈夫和情人之间，突感对付不下来，恍兮惚兮地就进了厨房。她一脚踩进了菜盆里，吃了一惊，一扬手将案板上的大菜刀拂到了地上，把瓷砖砍破了一块。

而关西的这一走，倒引起了东海的注意。他想这人是栀子

的熟人，但他走开的样子好像在躲避我们……不由盯住关西背影看了一会儿。

三妹发现这个，就说："那是城乡办的关主任，常在这里包业务餐。"

南海说："他们看得上这个小店？"他知道那些人的级别。三妹说："有事就提前打个招呼，准备一点儿海鲜，拿得出手。"

作家咂了咂嘴。三妹这个圆场没有打圆。打招呼定餐，一个电话就解决了，用得着主任亲自走一趟？

这时电话响了，栀子匆匆出来。

是关西打来的，他在拐角处站着。

"你有老乡来了，我就不打扰你了。"

"没有关系……互不干扰……"

"真是老乡？"

"是的。"

"还是两兄弟？"

"这有什么好奇怪的！"

"他们在这儿待多久？"

"总得吃顿饭吧。"

"吃了就走？"

"应该是吧。"

"那好，打烊以后我再约你。"

"再联系吧。"

栀子放了电话，心里紧张。关西出差八天，今天才回来，但今天绝无不陪丈夫的道理……第一次对"分身无术"有了彻心的体会，突然觉得这会儿自己一下死去就好了。

她不知道东海已经进来，站在她的背后，听到了她打电话。他不是故意的。正因为不故意，才自然而然走到妻子身旁——

他看到她的裤管湿了。他的想法是：她真忙啊！那会儿他还有些内疚。

他听出是刚才那个男子打来的。当面不说，走开了去打电话……他明白妻子在京城已经不光有自己的事业，还有了自己的生活。

他有点难过，但并不生气，而且想着不要让妻子紧张。

有次他与作为同道的岳父闲聊，不知被什么触发，他说了这样一句话："文化如果不能让人类心灵轻松，文化就一无是处。"

老教授说："总体上应是这样。"女婿受到鼓励，又说了一句："宽待他人的人，实际上也解救了自己。"

这句话也没有错，但岳母意识到似有所指，就问："你在说哪个？啥子事？"

女婿说："泛指，泛指。"

其实当时心之深处想着远方的妻子。

八年前第一次注意到这位小老乡，是联欢会将散之时。会开得太好，大家都不舍。栀子拿起话筒即兴诵诗一首，歌颂友谊。那是一串美丽的比喻：船帆虽然远去，但大海永存；白云虽然远去，但蓝天永存……东海很惊讶，目不转睛地盯着她。他惊讶一个美人也有超群的才华。

栀子的才华在文学，她有诗人的激情，太有了。所以她跳蚤般地跳槽，最后跳到北方做川菜，东海一点也不奇怪。她听从了父亲的劝告——老教育家说诗歌总之是玩，而民族需要营养——选择没有心理准备的专业的栀子怎么可能终其一生去发表煞有介事的论文，去争云遮雾障的待遇？

而且，作为小教育家的他也认识到了人的"现代秉性"：追求生动，宁愿折腾。吃饭穿衣、传宗接代、不变到老的生活（不，只能叫生存）已被抛弃。对此"小教育家"完全表示理解，而

批注空间

且学术性地称为"提高生命利用率"。

……折腾→疲倦→休息→空虚→又折腾……直到实在没有了精力。

有一种人注定如此度完人生。栀子就是。

栀子在收拾行装的时候，东海静静地看着她，深知一种根本性的变化正在到来，包括家庭开始解体。当然，这个"始"，"开得"可能比较长。这时栀子咔嗒一声锁上箱子，回身问他："你好像一点都不担心我？"

"担心什么？"

"担心，譬如说，我在异地结识了你不……不情愿我结识的人？"

"这样吞吞吐吐，都不像栀子了。你会不会同别人好上了？是不是？完全可能的。你是自己容易动感情，也容易让别人动感情的人。"

"万一发生了不该发生的事，怎么办呢？"栀子嘻嘻嘻地笑着，过来坐在东海身边。

"尽可能地不让我知道啊！傻瓜！"

他说得很认真，不像赌气。栀子不由愣住。良久，她说："你这种宽容真可怕啊！"

"不是宽容，栀子。"东海轻轻搂住她，"只是知足与知趣。我们过了四年幸福又纯粹的家庭生活，这很不错了。知趣嘛就是，一个野蛮人可以阻止另一个野蛮人，一个文明人却不能阻止另一个文明人。"

又一个良久，栀子说："其实我绝不是你的对手，你有定力，定海神针，我没有。"

"但是你能燃烧，而我不能。"东海说，"别多想了，干自己想干的事吧。抓紧，一辈子眨眨眼就完了。"

栀子放了电话。她预感到今晚关西不会善罢甘休。这个人在某些时候是不计后果的。但今天无论如何不能离开丈夫。丈夫是雪中炭，情人只是锦上花，而且东海过几天就会走。

她想今天早点打烊，然后同丈夫离开这里，手机不开，传呼不回，尔后再向关西解释。理由总之是有的。

没想到还不到九点，关西闹夜的电话就开始打来。"关西闹夜"，次日三妹给栀子的说法。

"你的老乡走没走？"

"没有。"栀子很紧张，但她不能说走了，否则他三分钟之内就会到。

"他们约了人来，正谈事儿！"她自觉这个谎撒得还行。

"那不拖得很晚吗？"关西的声音很焦躁。

"不会的！人家又不缺心眼儿。"

"喂，栀子我说，你请他们上个茶楼。你请客，开上发票给我就行。你坐一会儿找个理由溜掉……"

"做得出来吗？这不明摆着撵人走吗？人家会跟你上茶楼？"栀子很生气，突然厌恶起来，啪的挂了电话。

不得已，只好去请客人们快吃。而且吩咐三妹安排打烊，自己匆匆收拾。这时关西的电话又打了来。

"对不起，不是来催你，只是请你原谅。我在香港天天想你，回到北京却见不到你……我这么熬着我……我容易吗？"

栀子的心软了。关西在香港每天打电话回来，这很贵的话费该他自己出的……她说："关西你急什么？留得青山在，还怕没柴烧？"

这话却让关西警觉。"怎么，今晚你没空？"

"不是那个意思……好了，客人结账，一会儿跟你联系。"

她挂了电话，将手机故意放在柜台的抽屉里。她本想干脆将呼机也放里面，感到反而不好，又别上。

她对三妹说："我要送送客人，可能回来较晚。有电话找我就这么说。"本想交代一下，如果关西问老乡实际上是什么人，不要实话告诉他，但作罢。一来三妹也是见了世面的，不至于这么愚蠢；二来也有点此地无银，不好。

她与东海兄弟出门上了的士。东海说去北大招待所。

东海的会在北大开。其实会议还要过几天才开始。这会是故意要躲过香山红叶期的，否则交通不便，尤其是机票。北京历来有"好进不好出"之说。

所以东海给栀子打电话说最近上京云云，的确是指个把星期之后。但姨妹月季说："姐夫早点上去，也可陪我姐住几天。"弟弟南海说："那么我也去，去掌几天柜，哥和嫂子可以到处走走，让嫂子休息休息。"饮食业，只要开了张就别想休息。作家南海，是个全方位的人才，什么都懂。南海说学者说自己生活上一塌糊涂，可信，作家这么说绝不可信。

然而这样一来，实际上有点突然袭击，栀子并不喜悦，反而紧张。那种手足无措之态，两兄弟都看了出来。

这一行人刚刚出门，关西的电话又打进店里。三妹说了声送客人去了，就挂上了。

座机还没挂稳，手机就响了。三妹拉开抽屉，接话，喂了一声，那边以为是栀子，就问："你送客送到哪里，要不要我来接？"

手机里的嗓音有点不同，三妹一下没听出是谁，"你找谁啊？什么事？"

这下关西听出来了。"你是谁？这不是栀子的手机吗？"

"我是她的领班。这是她的手机，在抽屉里响着。"

"她没带在身上？为什么不带上？"

"嘿，你这个人！我怎么知道。"啪哒关上。

这以后是栀子的呼机响上。栀子不看也知道是关西。出门时她本想关掉这劳什子，又不敢，做生意的人哪敢真正与世隔绝！譬如店里有什么急事，或是业务关系有什么相告，都是不敢怠慢的。

她看看号码，是关西在办公室里。他从香港回来，就是不回家，要的就是她。她知道他的脾性，到了一定程度后，他是不计后果的，他宁可打碎了又来补！现在如果回话，无法撒更好的谎让他不等她，不赶来……譬如你说你在送客人，他就会问在哪里，然后赶来，不管那客人是你什么人。

呼机一会儿又响，一会儿又响，感觉上就要爆炸了。她知道关西正在难熬。这个道地的北方人有正宗的死心眼儿。老作家苏叔阳在报上说：北京人只是皮相的潇洒，广东人才是骨子里看得开。这话不假。苏叔阳也是北京人。

栀子心疼关西，她强忍着眼泪。幸好南海不停地同东海说话，否则让人起疑，场面难堪。

她背过脸去，看着外面。稀落的街灯一板一眼地过去，灯上像刷了层什么。空中是着了颜色的迷雾。栀子觉得呛人，突然咳了起来。

然后她仰躺着，闭上眼睛，她身边是个爱她的男人，但他让她害怕。呼机里也是个爱她的男人，但他让她恐怖。她想生活其实相当残酷。

关西在办公室里独受煎熬。他今夜不能回家。不是他同妻子已经反目成仇，剑拔弩张；恰恰相反，趋于平衡，往昔的压抑与狂躁烟消云散……

他不能回家是他告诉妻子的是明天才回北京。这是他在香港打给妻子唯一一次电话。妻子知道话费很贵，所以知道了就行，不敢让他随时报告行踪。妻子的劣势就在这里：她们心疼作为丈夫的那个男人的钱。

关西打个这时间差是为了栀子，但此时栀子却跟他打起了空间差。大半年了，关西认识栀子大半年了第一次发现她相当狡猾，这以前他只知道她智商高。

这种煎熬让关西横了似的要弄清楚什么——其实他也知道世上不是什么都弄清楚了的好。他拨通了枝子酒店。此时已是午夜。

电话铃响了很久，三妹来接电话了。关西知道栀子租用的是两层，底层是店堂，员工们，不分男女。还有栀子本人，都在楼上睡。

"关主任，这么晚了，我们干饮食的很累噢！睡眠本来就不够！有什么事明天真的不行？"

三妹已尽力克制了。关西很内疚。但这也说明老板栀子还未归店。"三妹你实告我，那两个老乡是老板什么人？"

三妹犹豫了一瞬，说："你自己去问她吧，我不好说。"

"我猜，有一个是她的先生吧？"

"这是你说的啊！我可没说啊！"这是三妹的小聪明：她就是要让关西知道，人家老公来了，你知趣点，但不敢明说——她明白栀子想瞒他。

"那两个男的是不是两兄弟？"

"是。"

关西放下了电话。他感到心脏从胸中挖了出来，那地方有个大空洞，只好用手按住，想到爱是伤害健康的——在香港时一位朋友这样告诫他，"看开一点啦！什么都能动，就是不能动感情噢！动感情很伤害身体的。"

结果呢，自己迫不及待地赶回来，心上人却跟着另外的男人走了。

他在办公室待不住，走到街上，却又不知所往，只能瞎走，对自己会如此难过，深感吃惊。理论上栀子有什么错呢？而且早年失恋之后，算是吸取教训，提醒自己终生不再陷入情网，所以同栀子交好之初，也就划定性质，大家在生活上互补一下而已。结果不知不觉，还是陷了进去……关西不禁仰天长叹。枯干的梧桐叶在他身旁沙沙地飘落下来。

其实关西想象中的伤心事并没有出现。栀子知道关西在痛苦，知道丈夫有猜疑；东海当然有猜疑，但他不愿意妻子紧张。而今天事实上成了"生活作风突击大检查"，反令这个与人为善宽厚待人的人心有不安……心思如此复杂，状态当然不行！

昏暗之中的栀子猛然警觉：这样下去可能不妙。婚姻破裂的女人，基本没有好结局。这些年中国人突然活跃起来，一个个死命折腾，一拨拨伤痕累累，有些人已经恢复不过来了。

关西表示过，愿意离了婚来娶她。她相信这是真的，但她并不愿意。作为男人，东海不及关西优秀，但她舍不得东海那份宽厚的善良和自己在东海面前的完全放松，随心所欲。

不错，她同关西，像两座火山，同时爆发起来，简直气象万千。但她很清醒。白云虽然美丽，终究要飘散，只有蓝天可以永存；船帆虽然优雅，终究要远去，只有大海可以永存。这是她的诗中意境，倒过来一想，也是人生哲学。

而且太相像的两个人无法互补。相爱容易相处难。现在有不少歌曲将生活说得很透了；能说得这样透彻的人，一定也是受了重伤的。

明天要对关西实话实说了，她想，幸好我从没欺骗过他，说我并不爱丈夫什么的。现在要获得情人的好感，已经用不着去非议丈夫了——有篇讥刺时尚的文章这样说。仔细一想可不

是！栀子捧着那本杂志，倒抽一口冷气。

次日上午，栀子溜到街上，用公用电话找关西。"关西，你在哪里呢？"

"在我父母处。"关西的声音很微弱，平常那纯净而厚重的胸音没有了。栀子一阵心疼。

"关西，你……还好吧？"

"怎么可能好呢？"

栀子叹了口气。"你知道了？"

"可能吧。是你……是孩子他爹？"

"是。两兄弟，他来开会。"

"……你也不容易呀！心挺累吧？"

栀子鼻子一酸。"我对不起你，关西！我谁也对不起。"

"别这么说，栀子！要收获就得有付出。世上没有纯粹的美事儿。只要大家都是真诚的，那就谁也没有错，只能坦然面对不得不。""坦然面对不得不"，是关西想了一整夜后，给自己找的一句箴言。想到这句箴言，心里好受一点。

这句话也给了栀子一些安慰，一种解脱。"谢谢你，关西！"

"那么这段时间我就不来打扰你了。你该做什么做什么，放放心心地做。有什么吩咐，来个电话。现在什么都挺方便的。"

栀子听出了他的意思，迟疑了一会儿。然后她说："是这样，关西，他可能要调到母校北大去工作。他这次将获奖的那些论文都带来了。"其实这不是真的，东海开完会就会回去，但栀子希望一劳永逸地结束这历时大半年的外遇。

然而对于关西，无疑是一个绝望的消息。他也迟疑了一会儿。突然他说："栀子，我们结婚吧！我们如果分开，那就太可惜了。不是什么男和女都能创造出我们那般辉煌的！"

"是这样，关西，我也很舍不得我们的那种辉煌。但我不能离开他。他是一个很好的人。我其实是很爱他的……更不用说孩子了。我希望你能够理解我。"

"我理解你，栀子，听得出你经过了认真的思考。既然属于我的只有这么多，我也服从命运的安排……不要弄得人家多心，大家不愉快……就这样，不多说了，大家慢慢平静下来，以后老了，也算有点回忆吧。"轻轻地挂了电话。

栀子心酸地站立了很久。自己放弃心爱之物的那种失落让她站也站不住。太阳有一些高了，这是北京今年最后的金秋。蓝蓝的天空又高又远，白云像银箔一样晶亮而轻柔，温柔的微风将最后的树叶吹得闪闪发光……栀子长叹一声，仰头向着太阳，拭去泪痕。

一年以后，栀子回到了重庆。这是因为，在北京，弄得有点不可开交，似乎也待不下去。

原来栀子的结束外遇，只坚持了不到两个月，而且是她主动去找的关西。

东海、南海离京以后，寂寞重新来到，但这恐怕不是主要原因。聪明的小叔子买了一台电脑送给了她，是当时国产的品牌电脑，而且哄她说是朋友送的，回报也简单：写文章说自己也加入了电脑写作族就行。

南海知道，对于栀子这样的人，世俗的娱乐根本不起作用，唯有电脑或可让她深入其中。那里面的确是个广袤而奇妙的世界。

最主要的原因，恐怕就是她……不说爱，就说需要吧，她需要关西。或者一个人在经历生动之后，要回到平淡就很难了。万物一理，譬如喂猫，吃了鱼的猫就很不乐意吃米饭了。

栀子很聪明，她没有直接打电话给关西说我在想念你，你来吧。她在北京买了一袋重庆四面山产的十锦山菇——不是什锦,是十锦;真是十样山菇。猴头菇、铜钱菇、鸡腿菇、罗汉菇……十,有团圆的意思……托人捎给关西,说老家土产,春节礼物。仅此而已。关西也就明白了,也不装模作样,率直地就来到了店里,普通顾客似的点菜吃饭。

尔后一切从头开始,有过之而无不及。两人都有久雨初晴之感。

这一来又是大半年。这大半年形成若干积累,促成栀子打道回家。

一是好像关西的热情下降。栀子的理解是神秘感淡化了:譬如以前该出的差关西也不想去,现在呢可去可不去的他也要去了,而且再也不像远在港岛之时孜孜不倦地打电话。又譬如以前关西是很能受气的。女人嘛,或者撒点蛮横之娇,或者天生无视逻辑,所以栀子不讲道理的时候居多,但关西每每打落牙齿和血吞了。现在呢,不,栀子惊讶地发现他要反抗了,有一次竟然还拂袖而去。

栀子是何等的敏感到多疑! 又是何等的心高和气傲! 关西的这些微妙变化,不管他自己如何恳切地一一做了具体的解释,栀子都有她不肯就范的抽象结论:你已经不那么的在乎我了。

二是终于给关西的妻子发现了。没有诸如破门而入从床上抓住的事,但这位副部长千金所言,栀子暗中承认全部切中要害。千金没有吵闹,也没有任何羞辱的言语,只是很平静地说:“现在北京的男人很坏,专门找外地的女人寻开心,因为她们好脱手,没有后患。”她信口一句话,栀子感到耸人听闻。

千金如此这般礼节性拜访了几次,有一些业务常客就不敢再来聚工作餐了。而且互相传染似的,终于让枝子酒楼进入了所有饮食业老板害怕的那种循环:生意不好,客人则不敢进来,则生意越不好。那么这样一来栀子就得忍受来自员工的暗中的轻蔑。员工就是，生意太好呢他们就很忙，要抱怨；生意不好又幸灾乐祸似的。忠心耿耿的三妹也做脸做色；当然啦，她还有另外的情绪，栀子也只能受着。有时候她还怀疑三妹给千金当了内奸，认真想来又觉不至于。

另外就是，女儿飞飞四岁了，同妈妈很隔膜，电话里说不了几句话，有次竟然说："爸爸你来说噢，我要去看电视。"栀子不免伤心。但孩子有什么错呢？两年来面都没怎么见的。不能再这样下去了。其实这世上她最爱的就是女儿，生飞飞的时候她差一点死去。那前后的情形只能用一个词来形容：悲壮。悲壮极了。这之前，她预感不妙，给丈夫、父母、公婆，还有妹妹织毛衣，安排若干后事。甚至告诫父母，若有不测，一定要善待东海。父亲说："现在的医疗条件，不会因生孩子死人了，最多就是剖腹产嘛。""不，"栀子说，"也有不能剖腹的。"这也是事实，尽管概率很低。"那么就保大人啰！"母亲说。"不，"栀子说，"我要保孩子！"

结果真是不幸言中：是不能剖腹的难产。医生要将胎儿剪碎取出，栀子发出惨烈的抗议。于是血淋淋地转了两家医院，来到重庆最有名的妇产科专家面前。这位林巧稚的关门弟子做了精密地测量，叹口气说："只有侥幸一试了，孩子你要忍得住啊！"拿起剪刀这里一刀，那里一刀……栀子居然还打招呼："剪刀（她怎么知道是剪刀的？）不要碰到我的孩子了。"

当时外面的东海太受刺激，竟然一头撞在墙上，昏了过去。

谢天谢地！或者是感动了上帝，孩子终于从产道取了出来。出来了没声音，人们又紧张了。专家接过孩子，倒提着，这里一拍，那里一拍，突然一下哭啼出来，简直石破天惊。栀子大哭失声。连一切见惯不惊的专家也含了两眼的泪。

一切的一切过去以后，东海南海兄弟进行了一场讨论，一致认识到为了繁衍，即保护物种，女性承受着单方面的牺牲。为了报答，男性应尽可能宽待女性，包括原谅她们的全部缺点。

所以后来但凡听见某某女人离了没钱的，另嫁有钱的，两兄弟都认为无可指责。但谁个男人发达了就嫌弃糟糠之妻，两兄弟都认为不应该。而且反对包二奶；当然啰，让有了钱的男人完全中规中矩也难。

而栀子作为母亲，她的心理也很特别。为了孩子她是九死一生了，但毫无居功之心，反而感到歉疚，认为差一点就伤着了孩子。居然当时还有人想向孩子下手！一想到这个，她就一阵恐惧，一把将孩子抱在怀里。

因此对于母女感情的淡化，栀子有些紧张。

然而最后一个，也是最重要的一个原因，还在东海那里。栀子以她女人的直觉感到：东海爱上了一个女人。

不久前东海打来一个电话，请她买两双北京棉鞋寄来。那尺码，显然是女人的——一个高个子女人的，比栀子还高一点。"谁的啊？月季的？"

"不是。是学校附近一个酒楼女老板。我们常在她那里定会议餐、业务餐，熟了，听说你在北京，又同行业，就托你帮忙。"东海说得很坦荡，"是年轻人。所以样式嘛你考虑一下。"

"好吧，交给我了。"栀子答应得也很爽快。

"抓紧一点，"东海吩咐，"春节已过。等暖和起来才寄到就没有什么意思了。"

理儿是这么个理儿，但后面这番话却让栀子感到了东海用心不轻。

栀子一阵心慌。东海如果变了心，那可就不得了。好比一块大理石居然也变了形，你又能将它再怎么样？

看来东海是常常去照顾那个女老板的生意的。他是系主任。一切同关西在这边不是一样吗？都是女人，都知道感谢这样的照顾，都容易由感谢生出爱心来……东海虽然不如关西高大挺拔，英武潇洒，他的那份儒雅温和也是很招女人喜欢的。东海喜欢笑，有一次南海取笑哥哥，说他只会两种表情：笑和准备笑。

闭眼一想，东海真的能招女人喜欢呢！

立刻回去！栀子下了决心。

算了算，两年来居然挣了二十多万。报上说，家有存款二十万，可以高枕无忧。栀子决定回重庆后不再投资，找个利息高的集资银行存进去，每年有可观的收入，对付一家人的生活绰绰有余了。

想好以后，约见了关西，实告了京城虽云乐，不如早还家。当然啰，不该说的话是不会说的，只说女儿的教育问题已经提出来了。

关西自然很难过，头扭着，像数窗外的车辆，喉结儿一个劲儿地上下。但整个来说，人还算平静，说："我有这预感的。这些天，也看得出你心中有事。唉，你既然不愿嫁我，自然要保护你的家庭，分开久了，谁也难保不出问题。"

栀子笑着打断："我不是早就出问题了吗？"

关西也笑起来，"你还是很聪明的啊！坚持原则，保住后院。这一条保证了，其他的再说！"

"关西，我是女人，而且不算很年轻了。不，我不是说我老了。我也没有其他女人那么怕老。我是说岁月让我有了一些认识。女人没有性别优势，女人终究想要个依靠，不管是生活上，还是精神上。不管什么样的女强人，骨子里是一样的。当然有的女人一辈子都没找到，那是另一回事。总之要找的，不停地找……那么东海与你，东海靠得住一些。因为他没有你出众，所以靠

得住……不，请你让我说完。"

"绝不是说，你的人品人格我不信任，这方面绝无问题；而是你所具有的实力使你不可能长期过那种，那种守一的、比较简单的生活。实力是一切的关键，你的实力还会与日俱增的。而我作为女人，会一年不如一年——现在已经开始了，是不是？所以这种反差，这种错位，会使你我……精神上都不轻松。"

关西沉默一会儿。"栀子你说的，很有道理，尽管今后一切不一定如你的预料。我感到你是经过了认真思考的，那么目前只能这样了……你打算回重庆干什么呢？"

"我呀，嘻嘻，当个自由撰稿人，卖文为生。"

"哟，这么想的啊……你别说，干这一行还挺不错的。你能行。"关西怔怔地盯着栀子，好像要从她的脑门里边得一个证实。"那么，这个，这个枝子川菜酒楼，你怎么处置呢？"

"不要了呗，退租。"

"嗯。这个嘛，倒也是一种常规。"关西使劲儿地点头，"不过我想，可以过渡一下；或者，先来个转租，怎么样？这事可以交给我。我给你找一个下家，他的门面租金，当然要高于你现在的，那么这个差额，应该是你这两年开创局面的惯性利润。就是说，你金盆洗手了，但你还能有收益。枝子，这已经算个品牌了，这个品牌是你的……他妈的，其他还有什么人，敢说这里是一个娘的其他什么鸟酒楼？"关西说着说着竟然狂躁起来。

栀子垂下了头。她明白关西是希望藕断丝连，甚至作为退路留着，以备她有朝一日回到这里。这说明他依然爱着她。看来时间不一定会销蚀爱情，只是让爱情看起来不像初起之时那般花哨。是的，爱久了，或者想久爱，肯定不会老是花哨着，或者说炽热着……有种病，叫甲状腺功能亢进（甲亢），患者精神饱满、面色红润、食欲旺盛，不怕冷，在大冬天里也能只穿单衣。但学营养学的栀子知道这种人会早衰，早早地就给诱发出各种疾病，因为他们的生命之车一直在高速运转着。

关西并没有不在乎我，她想，事实上我对他，也没有开始时那么……亢奋。但我们是真真实实地爱着的。感情这东西，就是这个样子。

但一切只能如此了。栀子决定将这一段美好的心路尘封起来，永远保存。

"酒楼的事，就依了你吧。你不必在租金问题上较真儿。能让我想到我真还在京城开了一个店，而且一直还开着，我就很欣慰了。"

栀子没有留关西吃饭，还说她离京时他不要来送。关西自己也害怕那离绪的折磨，就说："依你了吧，到家后来个电话。"

飞机升空之后，栀子俯瞰北京城，突然泪如泉涌，差点哭出了声。她自觉不雅，偷眼四顾。邻座是个经理模样的憔悴的中年人，大概这些年什么也见得多了，完全无所谓的样子，倒让栀子平静了下来。

栀子回重庆后的第一件事，就是嫁三妹。三妹吃二十二岁的饭了，但她说："我不想嫁人。"栀子说："我更不想你嫁，但把你拖老了你要怪我。你舍不得飞飞，我就在附近给你找个人家，你可以常来嘛！"

栀子四处托人。托到南海时，作家仰头一想，说："哎，我认得一户养鱼的，家道殷实，小子二十多岁，干干净净的，认真做活路。"栀子问："远不远？"南海说："远倒是不远，要过条江。"

"这户人家有一点儿意思，几个池塘养商品鱼，在靠坡脚的地方辟了块水中走廊，高于池塘，专门养本地鱼种。养来干啥？

自己吃，或者送人。山间活水，不投饲料，自然生长，啧啧，"作家咂了咂嘴，"那鱼才叫鱼嘞！"

南海自由撰稿，闲云野鹤，喜欢游走于乡间山里。钓鱼也不爱钓鱼塘，钓江边或小溪，钓不到也不减兴致。栀子对东海说："你弟弟才是生活的高手。"东海同意，但说："如果都像他那样活，那就都活不出来，他是民族之中的偷奸耍滑者。"

叔嫂二人于是过江去，先代替三妹看一眼。

那块地方叫李深湾，据说早年李树多。这户人家也姓李，那个小子的名字，栀子听了很喜欢：二郎。

栀子拍着手，悄悄说："得行得行！一个叫二郎，一个叫三妹，不是缘分是什么？"

南海说："生下孩子就叫四哥。"两人哈哈大笑，笑得老李莫名其妙。

及至见了二郎，栀子更加高兴。小伙子中等身材，敦敦实实；脸膛宽宽的，鼻梁直直的，大眼睛、双眼皮儿，一口牙齿很整齐；日晒雨淋，却面皮白净，让栀子称奇。见他头发有些卷曲，就问，回答是烫的。栀子说："不要烫，你这个样子，修成小圆头最好。"二郎就说："可以嘛，接受娘娘的指示嘛。"看来性情也很爽朗随和。

南海挥手叫二郎退下，来同老李商量。他说："我们将女娃儿带来你们过目，但不给她说是什么事情，不然如果你们看不上，就伤了女娃自尊心。"

老李说："这样很好，那么你们多来几个人，干脆来耍他一天。"于是说好，下个星期六，下雨顺延。

到了那天，天气晴好，一大帮人早早地就来到嘉陵江边。两家人加上一个三妹，闹闹嚷嚷的。三妹一心只在看管飞飞，并不知道自己其实是唯一的主角，那样子让知情者其乐无穷，南海不停地同栀子挤眼睛。

正是嘉陵水瘦时。河滩很开阔，青草一片一片到处铺开，嫩绿湿润，让人想吃。人们如此这般地践踏着山水，春草还是一如既往地长出来，栀子不由心生愧疚。

回头望望石壁，黄桷树粗大苍劲的根龙飞凤舞，整个一泼墨。粗糙的家乡其实也有工整的京都不敢来比的地方。栀子掉头找东海。

东海正同飞飞、还有南海的儿子翔翔，蹲在一处，指手画脚，认真得很。栀子进去一看，原来他们在看水凼中的蝌蚪。

翔翔说："小蝌蚪在找妈妈。"有个动画片叫《小蝌蚪找妈妈》。

飞飞晓事多得多，而且有表现欲，好为人师，就教育弟弟："小蝌蚪的妈妈是青蛙，完全不是这个样子。青蛙不会守着小蝌蚪的，它生了孩子就跑了。"

四岁的孩子当然不会指桑骂槐，含沙射影，而且回来这大半个月，母女关系已有很大恢复。但栀子还是一阵难过，而且突然想到，以后飞飞拿着妈妈背井离乡去给她挣钱的这几十万也不会有多少感谢之心的。不是说没有穷过的孩子不稀罕钱，而是孩子最需要的并不是钱。

月季也被孩子的叫声吸了过来，俯身说："呀，蝌蚪的颜色多美丽呀，黑得多纯净呀！"

栀子被"黑得多纯净"这说法逗笑了，而且突然很透彻地感到了天伦之乐。这种乐趣是不可替代的，一旦失去还无法再造，但好像只守着这种乐趣也不行。人这种东西很说不清。

月季和姐姐一样，也是易动感情的人。这个像母亲，真所谓"一传到位"。月季的心劲儿没姐姐大，但也并非不想有点分外的什么。

有次月季对姐姐说："有些事，注定了是偷偷摸摸才有意思。"

栀子说："你小心点，南海不比东海噢。南海敏感得多，精细得多。"

月季比姐姐还漂亮，虽说才华不及姐姐，女人味儿却足一些——这评价来自父亲。月季在一家很大的集团公司当销售部主任，好像她很佩服她的老总，说他是成功的男人，也是有魅力的男人，云云。现在的人们不大去关心别人的事，但还是有人玩笑之间认为她同老总有点什么。

其实没有什么，月季对姐姐说："累人，而且我坚信没有好结果。我不比你，姐，像将在外，军令有所不受，我们是鼻子碰眼睛。"

栀子知道月季那颗同样不安分的心被两点制约了。一是儿子翔翔，她舍不得离他远了，这样就少了大部分自由。充实是以自由为代价的，正如自由则可能空虚。正所谓上苍所赐每一种，都是一柄双刃剑，两全其美是不可能的。

另一个制约就是丈夫南海了。但并非南海的看管很严，恰恰相反，南海完全是无为而治——假如真有治的心机，但可能没有治的心机。因为南海常说一个人要做什么，别人哪里管得住。

南海的制约在于：好像他随时可能同别的女人好。这个自由撰稿人算不得一个大作家，却有不少崇拜者，多数是女性。可能他的文章易读，又有趣，能适应人们那日益浮躁的心态，有的人总想见见他，他又总不想见人，结果倒是搞得有些神秘，惹得好奇者很不少。

夫妻间有时也开开这方面的玩笑。南海说："你这么个妙人儿，被我一人独占，好像是社会的损失呃，或者说叫资源浪费。"月季说："你宽广的胸襟我佩服，你想让我给你一点口实，你好大开杀戒——你那点花花肠子我还是知道的。"

南海纯是开玩笑，月季说的是心声。两人都是很能吸引异性的，如果各自放开，后果不堪设想。

其实南海不是什么技高一筹。没那么复杂，他也不屑于为这等事情动那般心思。他其实只是比较看得开；或者，说深邃一点，他比较了解人性，还有人习。如同那两姐妹要说体己话，这两兄弟也要说体己话。有一次东海读到一篇美国华人的文章，说现在中国的"性活跃"程度有甚美国，便将文章递给南海看。南海扫了一眼就放下了，并不当回事。他说："与其说是新发现，不如说是老习惯：饥寒起盗心，饱暖思淫欲而已。"他将以前搞运动，人整人，统统称为盗心。那么现在物质条件改善，人们就多了点娱乐心思，从人整人变成人要人，不值得大惊小怪。说到后来，索性来个文人粗鄙，说了一句大实话——萝卜拔了坑坑在，小事情。

这时那边有人在喊。原来是二郎划了船来接他们过江。这是说好的。这是二郎家自己的船，主要用于横渡、贩鱼，或者运货，跑得不远，所以没装机器。栀子觉得这样很好。否则质质朴朴的小木船就给弄得不伦不类了。

她打量二郎（她有点担心三妹看人家不顺眼。这个丫头可是见过世面的），兀自好笑：明明划着船，却穿着西装，好像还是新的。既是西装，却又脚穿波特鞋，好像也是新的。那么西装配鬈发，也是一套的，却又很听话地剪成了小圆头……越看越滑稽，终于没忍住，大笑起来，坤包也掉在地上。南海自然知道笑的什么，说："小心小心，上船了，欺山不欺水。"

飞飞给三妹抱着先上了船。船有点摇晃，飞飞害怕，紧紧抓住三妹，却叫："妈妈，妈妈！"

栀子叫道："女儿莫怕，妈妈来了。"这一刻她的快乐无与伦比，她尖厉的声音响彻两岸，她的两眼噙满泪水。

众人忙忙乱乱，大呼小叫，没有谁注意到她。她坐下来，将女儿夹在两腿间，想起了父亲。

两姐妹还在小学时，有次月季给什么弄伤了，哭起来，叫："妈妈呀！"当时母亲并不在，栀子说："哭什么，妈妈不在。"教育家的父亲走过来，一边帮助小女儿，一边教育大女儿。他说："这是本能。人穷则反本，痛极则呼天。"然后解释："天，就是母亲。"

这时二郎说："两边坐匀。这位小姐坐那边去。"他指三妹。

栀子对三妹："说这是二郎。"三妹很老到地说："二哥你好你好。"东海将两人看来看去，很觉有趣，不由得将胳膊挽住妻子，轻轻说："小姐！过几天才知道恐怕该叫姑奶奶。"

又听二郎说："请女士穿上救生衣。"原来他还准备了几件救生衣，也是新的。东海连连称赞，说："好，好，这小伙子细心。"栀子说："刘三姐不是唱十个男儿九粗心吗？"东海认真地说："现在看来粗心不能当作美，如果故作粗心以为阳刚，那就是矫情了，是作假。"

栀子连连点头，她看着东海，说："其实他也是个细心人。"她还想说是一个善良的细心人。她更想说现在像你这样善良的人已经很少了。

三妹不愿意穿救生衣，说穿起来好笑人嘛！可能她有点察觉到什么，在维护自己的形象。

二郎说："万一翻下水去嘟个办呢？"（嘟个：怎么的意思）

三妹说："你赔命！"

二郎说："嘟个赔法？去给你妈当儿吗？"

三妹抬手一巴掌打在他手背上。二郎占便宜。众人大笑。

飞飞摇着妈妈的手问："妈妈妈妈你们为什么笑？"

栀子感到难以回答。就看丈夫，求救似的。东海也感到难以回答，也只能将妻子看着。结果两人又笑起来。

小船走出了山影，春天的太阳温暖到骨，让人全身舒展。

这澄了一冬的江水还是很清亮的。嘉陵江是一条美丽的江。

东海说："我很喜欢待在江上。小时候，嘉陵江上的礁石缝里，还可以看到小鱼儿在游，一见人影子，闪电一样就不见了。人不动，慢慢地它们又回来了。"

栀子说："长江边也是一样的。"

东海说："以前我读过张承志的小说《北方的河》。他将北方的河写得很壮美，像北方的汉子。张承志有北方情结。的确北方文化厚，有激情，有血性。王蒙批评张承志，说他的小说用力太过，其实对于读者，用力过一点还好些……北方的河流相对单纯，你还能写；它们冬天枯夏天涨；北方平坦、视野开阔，看河流也可以看得清。南方的河你还不好写。它们复杂得多……"

"其实南方的河流造福更多。"栀子说，同时想起了关西。这两个男人倒有点像南北方的河流。这么比着她有点犯罪感，同时又有点得意……人就有一点恍惚起来。"南方的河流没有那么张扬，但实惠得多，而且，干净得多。"她说。东海比关西干净……这么一想又觉得对不起关西。继而又觉得自己对不起所有的男人。但若要完完全全地对得起人，好像又很难活。不由深深叹口气。

东海继续说："虽说南方的河流复杂，不好写，有一个却能一笔写尽。"

"谁？"栀子眨着眼睛使劲想，想不起。

"谁？乔老爷，乔羽！"对面的南海一腔搭过来，"一条大河波浪宽，风吹稻花香两岸。"

"对对对！"东海激动起来。他是不大容易激动的。"这是世界上最好的歌词，没有比这两句更美丽的诗歌了。"

月季更上劲，索性唱起来。她领唱，大家合。南海负责题词，他掌握得恰到好处，使全体得以准确与流畅。这个二流作家的

记忆力倒是一流的。

南海说："有天晚上，我和月季在阳光大商城门外遇上一拨电声乐队。我们听演奏还是挺内行的，就站了一会儿。有个像头儿的看见了我们，就大声说点一首只要五块钱，点吧，所有的歌都能唱。"

月季说："当时我想，这么牛！可惜《外国名歌200首》没在身上，否则点一首看你能不能唱。"南海说："当时我说，好，我们点一首《我的祖国》。这歌比较长，十块吧。我就掏出十元放在那帽子里。其实我的想法是让月季来领，那些街头艺术家来和。让月季过把瘾。"

"结果，"月季说，"那头儿说，唱是没问题，主要是记不全。"

满船大笑。

栀子低着头，看着小船慢慢靠岸，心想这两兄弟倒有许多共同之处。像南海吧，要说呢，油条得很了，但也热爱《我的祖国》这样的歌。那么这个人内心还是很真诚的，而且不得不承认，很宁静。那么此公的老婆，就是我的妹子，怎么样？

其实妹妹只不过是权衡至此而已，并非不想动弹。栀子几天前被妹妹那位老总邀请一起喝茶，暗自承认那个男人即使不是老总，也是很有魅力的男人。而妹妹举手投足眉目之间有种暗示：老总对我情有独钟。然而也只能是独钟。

在一个已经不宁静的时代，却不得不宁静，恐怕是很压抑的吧？然而如果不压抑就更糟糕，人该怎么办呢？

……如果已经五十岁，什么也别想了，反正死了心，那倒好了。栀子每每在不下雨的下午或傍晚，在街头看见那一队队得意扬扬扭着秧歌的中老年妇女，就羡慕她们的心无羁绊……然而自己才三十出头，而且被许多人真诚地认为不到三十岁呢！

到了李深湾老李家，两夫妇都迎了出来。东海打量一番，竟然双手合十，叫了"一声阿弥陀佛。"栀子说："干啥呀你？"东海说："我看这二郎长得像他娘；农村人说"儿朝娘，买田王"，那么二郎当是有造化的了。而且我看这位大嫂，面目敦厚，慈眉善眼，菩萨相，笑口常开的样子，那才是三妹的福分啊！你莫非不明白吗？"他附耳道，"实际上二郎的爹怎么样，并不要紧，要紧的是婆子妈。如果婆婆厉害，媳妇就难当了——"

这么一说栀子也赶紧扫量那主妇，也同意东海说法。

东海又说："这样栀子，等会儿你给三妹说。"如此这般，面授机宜。栀子笑起来说："看不出你这个人倒还是个老媒婆。"

飞飞直叫唤走哪边哪边，三妹说："来来来走这边。"带着两个小的飞跑而去。

月季诧异道："咦她来过？"南海说："竹林深处有人家，他们农村人自己知道。"

果不其然，一幢花花绿绿的两层小楼掩映在竹林之中。隔冬的竹叶发出淡淡的清香。楼前是一块很不算小的院坝，许是为了将就石料，镶嵌得平而不整，倒比那楼房多出许多艺术。石板之间长出些小草小花，还有蚱蜢在蹦跳。

这户人家还爱种花。这边的茶花虽已凋谢，那边的月季（这是真正的月季噢）正在红火。而且有城里人头疼娇气的米兰，是盆栽。东海也喜养花，就问："你们这米兰冬天进不进屋？"二郎的母亲说："放在地上的，不消进屋，不像城头阳台上的，那个不进屋不行。"东海羡慕不已。

二郎提了两张折叠桌子出来，安好；三妹去帮他搬凳子，问："这里经常摆麻将摊吗？"二郎说："是的，但不是我们打，是那些来钓鱼的打。"三妹点点头，表示相信。东海看在眼里，说："三妹厉害，已经开始调查生活作风了。"栀子扑哧一声笑出来。

说了一阵闲话，老李从屋里拿出一大把鱼竿来。东海说："好

得很好得很，这才叫返璞归真呢！"原来这是斑竹竿，我们祖先钓鱼用的。柳宗元所言"独钓寒江雪"，用的就是这行头。

钓鱼的地方就是那靠坡脚之处。那块水面不到半亩，状若猪腰，水质纯净。岸上有一块碑石，说不出形状，却刻有洒脱的行草，"头道泉南海左书"。月季问："真是你写的？"南海说："那还有假？"

三妹说："二叔左手都能写得这么好，那右手就更绝了。"几个大人都笑。

东海说："他只敢用左手写。他右手的字不能脱俗。"

南海解释："我右手写的字，有些像字帖上的，好像在模仿别人。为了独特，只好用左手。这样字看起来虽然有点怪，但有点新鲜奇特。"

三妹懂了，却叹口气说："字写得这样好了，还这样伤脑筋。你们有文化的人活得好造孽啊！"

大人们又笑，连老李也笑。栀子笑罢，说："三妹这话呀，别说真还是个道理。一个人头脑复杂了，的确是自讨苦吃。"

三妹又问："二叔怎么想起要来这里立个碑？"

南海说："是你这位李伯伯会做人。你想，养鱼这个行当是很招惹人的，没点势力不得行，所以李伯伯要结交一些人，官员、文人都有。我这么一写，碑一立，就有点阵仗，别人也摸不清来头。"

三妹说："噢，是写来吓人的，跟吓麻雀的草人儿一样。"

众人又笑。老李说："这个小姐说话很有意思。"

栀子说："三妹聪明得很，又能干。她还会做几样好菜，等会儿让她露一手。"

原来刚才东海的面授机宜，就是这个：让三妹去帮厨，老小两个女人厮混一下，互相有个了解，尤其要让三妹对二郎的妈要有好感才行。

于是栀子便吩咐三妹去做几个菜。当然话不说透了，只说："钓鱼是男人的事，飞飞、翔翔我们带着，你去吧。"三妹就去了。

两姐妹带着孩子，随老李去看泉眼。泉眼给用石条子砌成了一米见方的小塘，看得见水从底下涌出来。老李说："有酒杯那么大一股水，不大，但终年都有。"

"那边有几个单位，有的老头爱来打水，用塑料桶装，泡茶特别好，尤其是泡绿茶和花茶。"

栀子回想刚才所饮，的确与自家的不是一回事，就对月季说："是呀是呀。"也很兴奋。

折转身下到钓鱼处，却见三妹已给二郎母亲带了回来。原来她不让三妹下厨，说人手够了，而且请得有专门的大师傅。

栀子说："莫客气，她是我们家保姆，会做事。"

二郎妈说："我晓得她是保姆，但在这里她就是客人了。"

原来她担心三妹被主人责备，所以陪同前来说清楚。南海说："难为大嫂这么仁爱，那三妹你也来钓鱼吧，看你的手气如何。"

二郎妈离开后，东海对栀子说："这个女人比较厚道，三妹运气不错。"

三妹说："这家人厨房大哟，像开馆子的，好像经常都有客人，"又说："屋后头还养有乌龟、团鱼，石头修的池子，用铁丝网遮盖……"大概三妹也认为这家人家业还不算小。

她又说："二郎上头一个姐姐，下头一个妹妹，都已出嫁，只是忙的时候带着夫婿回来打帮手。"

栀子对东海说："错过这个村便没这个店，三妹这辈子不会有比这更好的人家了。二郎是独子，家庭关系这么单纯，三妹正好逞她的强。"话头一掉，"你那个作家弟弟真还是块当媒人的料。"

这时二郎来了。"叔叔娘娘,吃饭了! 走,三妹儿,吃饭了!"不叫小姐了。这么快,就混熟了。有句信天游这么唱的:"年轻人见着年轻人好。"他们内部自有一套,栀子和东海相视一笑。

餐桌是依了南海的意思,就摆在太阳照耀的院坝里。那些菜肴虽是粗碗大盘子,但冒着冬天的热气,闪着春天的光,让开酒楼的栀子想着这个才是食物,酒楼里的只能叫商品。

柴草的炊烟和着田地上的微风,诱人深深地呼吸,竹林里有好听的鸟叫,一问,是画眉。一只老牛站在坡背上长长地哞了一声,一只小牛就跳着来到它的面前。老牛低下头去,舔小牛的脸颊……栀子看得呆住了,心中充满了无法形容的感动。

过了几天,收到北京来的汇款 800 元,附言:三月房租。看汇款人,却不是关西,那么可能是枝子酒楼的新老板啦。

转租差价竟然有 800 元,比作为系主任的东海还多。而且这钱一加上去,枝子酒楼的月租金就偏高了,那么生意必须得好,那么关西必须得时时关照。

想着关西得常去已无栀子的枝子酒楼,得忍受那天长日久的精神折磨,睹物思人,还要强作无事状,栀子觉得自己害了人。她的心流着泪,不知不觉叫了声"老天爷呀,原谅我。"

她给关西写了封信。她不敢打电话,怕相互刺激。她在信里详细谈了三妹相亲的经过,暗示自己愿意过这种宁静的家庭生活,从此不愿再折腾……"关西,你是一个有情有义的人,我对你,不光有深深的感谢,也有纯粹的真爱,一个女人对一个男人的爱,至今如此。但我有我的责任,我必须回到属于我的生活里,否则我将被所有的生活抛弃。我可能是过于理智了,拼不出去,但我是女人,这是一种始终对将来充满忧患的性别。我这个人想得太多,天生如此秉性,无计可施,无法改变,所以随着年岁的增加,慢慢地也就求稳了。就是这样。"

话说得非常坦白。对关西这样情感丰富而又敏感多思的人，最老实的话才是最聪明的话。

关于真爱的两句，犹豫了一下，还是写上了。先是担心以后这信让东海看到，后来又想看到也没有什么。相信东海是很能理解人的人，而且那个人的胸襟哪，真如海洋一般宽阔。

出乎所有人的预料，三妹不愿嫁到李家去。栀子冲她发了脾气，而且用三妹喜欢模仿的粤味普通话骂她："有没有搞错？"

从李深湾回来后，二郎来访过几次。每次来，都送有头道泉的活鱼，装在大大的盛水塑料袋子里，打足了氧气，那鱼倒进盆里活泼得像体操比赛。

显然二郎是有意的，与三妹相处也融洽。每次二郎一来，栀子就放三妹的假，只是警告三妹：结婚前绝不能做结婚后的事！否则吃亏的只能是女人。

栀子厉声地问："你还有哪条不满足？说！我去给你搁平（洽谈好）！"

三妹沉默了很久（这不合于她的性格，以至于栀子认为她遭遇了严重的阴谋），说："娘娘我好不容易从农村出来，又要回到乡下，我实在回不去了。"

栀子愣了一愣，软下来，竟然理亏似的说："人家那是城郊，叫远郊——最多叫个远郊，怎么能说是乡下呢？"

三妹倒突然激昂起来，说："哪里在于远近呢！打谷子，种小菜，养鱼喂鸡，还伺候乌龟王八，那不是乡下是哪里呢？"

栀子不禁喟然长叹。一个小小村姑，来城里待惯了，就有了如此心性，退不回去，那一般城里人，哪里还能潜心静气得下来？不由迭声地说："可惜可惜，遗憾遗憾。"

东海正在隔壁看女儿写字，听见这边动静有异就走过来看。待明白之后，说："不要忙下结论，自古好事多磨，一切还可商

量嘛。"

三妹低着的头才抬了起来。这个姑娘，她当然知道这屋里是女主人当家，但她的心却比较向着男主人，而且一切也能体己，放得开。她说："我生长在乡下，当了一二十年乡下人，我实在不喜欢了。"

东海点点头，"可以，其实所谓城市人，也就是不愿回乡的乡下人。"

"我嫁到李家，说是一家人了，做一家的事，其实还是个丘二（四川话：帮工），只吃饭不拿钱的丘二。"

东海与栀子互相看看。不得不承认她有她的道理。"那你就不嫁人了？"栀子问，"嫁到哪家不做事？"

"要做事，就做自己的事。"

"那么你说的自己的事，是什么事？"东海问。他感到三妹还是有设计的。

三妹迟疑，似难启齿，半晌，说："如果结了婚，我想自己开个馆子。"

栀子一下笑起来，心想真是好主意，叫夫家出本钱，小两口赚利润，而且独立自主，不受摆布不受气。"那么你给二郎说了没有？"

"说了。二郎说他其实也喂伤了（腻了）鱼，但既然那几个鱼塘还养着，总之要人工。本来盼着娶了媳妇加个人手，结果倒给拉出去一个，爹娘那里恐怕难说话。"

这下东海也笑起来，说："我给你出一个主意：你同李家说好，嫁过去，喂两年鱼，然后自己开个馆子，专门吃鱼的馆子，这样可以同李家形成生意伙伴。"

"那何必要等两年？"三妹问。

"你一去了，就让人家出本钱，不好。干上一两年，才好开口嘛。而且,丈夫同你有了感情,心思才对路,才好帮你说话嘛!"

三妹点点头。栀子说:"你要抓紧,如果人家以为没希望,另打了主意,就可惜了。"

三妹倒笑起来,说:"没那么严重。现在二十岁以上的女娃,哪个没进城了几年;进了城的,哪个愿意在乡下喂鱼?"

话是这么说,三妹还是抓紧了动作。隔了两天,二郎被召来,两人关在东海书房里咕噜了半天,竟然订了一份合同,双双盖有手印。

一、三妹嫁过去后,共同喂鱼一年半。然后夫家要出钱帮助小两口开馆子。

二、结婚之前夫家要买一套家庭影院。

三、两年之内不怀孩子。生孩子只生一个,男女不论。

……

东海看了这份合同,很感慨地说:"一个阶级在成熟,而其中的女性成熟得更快。"

栀子却是另一种感慨,说:"三妹无忧无虑的闺女生活将要结束了,生活的拷打在等着她。"

南海来到,来请嫂子出山,去《都市生活》报当副刊部主任。

栀子大笑,说:"我一天报没办过,一篇文章没发过,怎么去当编辑?"

南海说:"是叫你去当主任,没叫你去当编辑。"

栀子说:"咦,这倒是个新概念,愿闻其详。"

南海说:"一是要你的策划。现在的副刊必须常常推出新的栏目策划,让读者耳目一新,否则副刊有可能被新闻版面吃掉。二嘛每个栏目自有编辑组稿编稿,主任只需审查。三嘛这点最重要,会拉'不叫广告的广告',即用文学形式侧面宣传……"

栀子心想这小叔真不愧是作家,会看人。"报社凭什么让一

个没有寸功的人来当主任呢？"

"凭我呀！"南海得意地说，"我这个叫实力担保人。"

南海同各家媒体关系极好，这人很有口碑，大家都相信他。《都市生活》报老总一口答应说："你说谁行谁就行，如果不行你就来顶上。"

栀子听得笑起来，说："我考虑一下吧。"

只有两姐妹的时候，月季说："南海很有心眼儿，给你找了个富有挑战性的工作。他说你姐姐这个人是个先天折腾型，她是安静不了多久的。我必须让她过得充实。"随后月季说了一句让栀子百感交集的话："南海说，你姐姐如果空虚，我的哥哥就危险了。"

栀子说："好吧，我去办副刊。"

次日她即跟着南海去了报社，立刻开始了工作。

第一个大动作，策划了星期天经济生活专版，叫"人人在海中"，意谓市场经济之中，不可能有旁观者。老总大加赞赏，说这策划既大气，又实际。

第二个大动作：将已经编好待发的连载中篇小说撤下，换上自己的《今冬明春》。

原来回来之后这几个月，栀子整理了自己的思绪，积郁庞杂，感慨良多，却又不便与人坦陈——即便是手足的月季，同时又是丈夫的弟媳，也不可能全无顾虑——索性写成了小说，足有五万多字。

当然啦，不说是自己写的，用了一个笔名：吴王。

给老总报告说："原来那个中篇节奏太慢，情调虽美，却只适合一次登完。"

"所有的连载，都是对原作的削弱，节奏慢的，等于完全给撕碎了。那么这部《今冬明春》，节奏快，有点浓得化不开，撕开了刚好。"

老总说："你既是主任，你就决定吧。"

栀子说："以后或可如此，但此番我初来乍到，还是老板拍拍板。"

老总也就笑着答应了。

栀子以为至少要等个把星期吧，没想到次日下午栀子刚进编辑部，老总就手舞足蹈地撵进来，张口就问："《今冬明春》的作者是什么人？"

栀子撤下别人的，换上自己的，纯是"外举不避仇，内举不避亲"，从版面效果出发的，但她还是没有供出自己，说是一个女老板，开酒楼的，有中文本科老底子。

"好稿好稿！"老总赞不绝口，"这是迄今我报所上最好的连载。"

"老总也肯定，说明我没有看错。但还是要出来以后，听了读者反应才可下结论。"

"立刻上立刻上！"老总挥挥手，"感谢南海给了我一员大将。"同样手舞足蹈地出去了。

至于作者的通讯地址和真实姓名，栀子就用了北京魏公村枝子酒楼现在的老板，即至今每月给自己寄来转租钱的那个。当然，稿费不必真给那人寄去，自己可以签了字从财务处"代领"出来……这样决定之后栀子看清了自己的心。就是对那块地方那段时光还是很怀念的。

正因为如此，她决定不惊动任何人，尤其不愿意丈夫知道。

但小说出来后，引起了广泛的注意。在文学已经不景气的现在，不断有读者电话打来称赞这部小说和打听作者的情况，着实让"小老婆生的"副刊部十分得意，大大地扬眉吐气一番。

小说也引起了南海的注意。其实他已经没怎么关注《都市

45

生活》了，因为栀子已迅速上路，活儿干得果然不俗。但那天开笔会喝酒时一个文友告诉他："出来一个小说什么什么，写得极好。才气绝不在你老兄之下。"

南海立刻给栀子打电话。"主任"，他这样叫嫂嫂，"贵部最近推出的连载反应不错啊！"

"哪里！只不过嘛，读得下去！"

这立刻让南海奇怪：这哪像编者在说话？分明是作者在自谦嘛！但一时也未深想。"载完以后给我弄一套，好不好？"

"……好吧。"栀子答应得有些勉强。

南海更奇怪了。"怎么，很麻烦？"

"稍微有点。已经出来的没有完整收集。"

"噢，没关系。告诉你，你们部没收集，总编室肯定是全的，派个小兵去复印一下吧。"

过了些日子，小说到手，南海读罢，立刻看破真相。这时候，聪明一世的南海糊涂一时，对妻子说："这是你姐姐写的！"

"真的？"月季很吃惊，读完以后说有点像，一个是人物经历，一个是人物性格和心态。

作家南海激动地评论："这部小说有一处突破，就是金钱与爱情的关系。传统的看法，总将金钱与爱情对立起来，这部小说认为，金钱之中有爱情，爱情也可出金钱，两者既可能对立，也可能互生。这的确是一次突破。"

他又说："另一点长处是，将男主人公北方伟男子的侠骨柔肠写得酣畅淋漓。这个人物形象可以感人了。"

月季说："语言很好，比你的出格一些，有时代气息。相比之下你的语言比较陈旧。"她其实是在岔开话题，不想说人物——很简单，小说中男女主人公就是关西和姐姐。

栀子给月季说起过关西，细节虽然不细，但有个概括却同南海总结的一样：侠骨柔肠。

"但是，"月季说，"从署名来看，是个男的哟！"她不希望这小说被认定了是姐姐的。

"哈哈哈，"南海大笑起来，"且听在下给你破译密码。吴王是谁？夫差。那么用现在的话来会意，就是差了一个丈夫嘛！哈哈哈哈！你姐姐的心真大呀！"

"放你的屁！"月季大声地骂，但底气不足。

"老婆你听我说，"南海挨妻子坐下，"我既了解你姐姐也了解我哥哥。你姐姐是一个精神需求很强烈的女人，公正地说，她的确需要两种不同类型的男人。一种是靠山型，生存基础，雪中送炭；一种是娱乐型，生活之友，锦上添花。"

"你说我姐姐想玩儿男人？"月季真的生气了。

"这个不能叫玩儿男人。这个其实是很正常的需求。人和动物的真正区别，就在这一些问题上。"他突然站起来，指着妻子，厉声问道："你敢说，你只喜欢我这个丈夫吗？"

"滚你的吧！疯了！"月季起身走开。

接下来，素来不太精明的月季做了一件傻事：将这部小说寄到了北京魏公村枝子酒楼，转关西收。

后来的后来，当事情竟然闹得不可开交的时候，南海很生气地责问妻子为什么要这样做，月季追悔莫及地说——

"我是想给关西一点安慰，让他知道我姐并没忘了他，而且在她眼里，他是这样的美好；如果不让他知道，真是太遗憾了。侠骨柔肠，是男人的最高境界了，世上有几个男人做得到呢？"月季说着竟抽泣起来。

南海暗地里对哥哥说："月季这样的无事生非，潜意识里是压抑，借想象他人的爱缓解自己的压抑而已。"

所谓的不可开交，是关西突然杀到重庆，而且驻扎下来，到后来还出了很大的事。

这是十月下旬的事。栀子当副刊部主任已有大半年。

这天她在编辑部接到一个电话，是东港房地产公司打来的，希望能同《都市生活》报合作，举办一个征文的比赛，用接力小说的形式吸引读者，达到宣传东港房地产公司的形象，促进售房的目的。

重庆直辖以后，报社如雨后春笋，都想拉广告发大财或者小财，结果成了粥少僧多，广告很难拉，所以各媒体都鼓动编辑、记者外出运作，为此给予高比例回扣。

因此对于栀子来说，这是一桩送上门的好事，真所谓天上掉下馅儿饼来。

"那么是你们来报社谈呢，还是我们到贵公司来？"这是客气。其实没有必要去公司。

"还是你们先来一下吧，总得看看我们的花园小区吧。"

栀子心想可能这家公司没有做过这种广告，你的小区就算美如仙境，小说也不准正面描写，这是有规定的。但她还是说好，并约定了时间。

她决定派编辑小范去。小范刚刚结婚，很需要钱，这送上门的外快让小兄弟去挣吧。而且有什么事要拒绝的，不是可以往主任身上推吗？

但小范去了以后，却打来电话，说："公司销售部老总说，还是要主任来一下。"

栀子说："今天又不可能签合同，只是就作者人数、字数和刊载时间听取他们的要求——"

小范说："主任你可以对我这么说，我怎能对他们这么说？你老人家快来吧，不要让我两头受气。"

栀子说："好吧。"但她一时走不开，就请副主任老彭去一趟。

老彭已四十出头，有官相，看上去岂止主任，总编也有余了。但也打来电话，说："销售部老总说与正主任面谈。这次广告好像时间比较长，人家投资大，是一块肥肉噢！"

"哎呀，你真是，"栀子埋怨他，"你就说你是正主任嘛！"

"哎呀要我来绷这个，也作难我了。而且，好像人家晓得你。"

栀子说："可能吗？我才来这里多久？而且这个东港房地产公司，如果没记错，是山东人和香港人的合资，与我没啥关系的。"

老彭说："你来吧，如果你发觉不合适，也只有由你来说不合适……那么现在快中午了，路上又堵，人家老总说你直接到重庆宾馆海鲜厅，业务餐啦，边吃边谈。"

栀子叹口气，说："海鲜厅那么多包间，我往哪儿走，你到厅门口来接我一下。"老彭说："好吧，"又说："噢莫忙莫忙，老总说已订好了的，金星座（包间），你来就是了。"好像那老总就在电话机旁监听。

栀子好生纳闷，只好匆匆补妆。她是开酒楼的，所以最烦去酒楼吃饭。而且她觉得这个东港公司很奇怪，一句话没说，先吃饭。

栀子赶到重庆宾馆，七弯八拐，走到金星座门口，听见里面传出男人说话的声音，胸音浑厚，很熟悉，京腔典型，也很熟悉……待推开门看了一眼，差点儿昏过去——

正对门坐着，是关西。

吃过饭，栀子让老彭和小范回编辑部，她则由关西开着车，到了江边的一个茶楼，选了一处阳台坐下来。

栀子一直恍兮惚兮，这会儿渐渐正常了，才抬起头正式打量关西。关西瘦了，有点苍白，营养不良似的；他看她的眼神，有点怯怯的，过去那种征服感无影无踪……栀子莫名其妙地想起那种巴望减刑的犯人。

"你真的到东港公司来了？"这是栀子第一句正式交谈。

"对。我的确是销售部总经理。"

"这比你那个城乡主任强？"

"对。"顿了顿，关西说，"离你近。"

果然是这样，栀子想，这家伙真还来了个破釜沉舟。一阵巨大的幸福笼罩全身。

她扭头看下面，下面是长江在奔流。水退了，河滩上的茅草得见天日，照样生机勃勃，在小阳春胭脂一般的阳光下像美丽的绒毯……女人哪，栀子想，每一个女人都希望有男人能为自己拼出去。

"你老婆她同意？""我离婚了。"关西从皮包里掏出个小本，"这就是那个本儿。"

"收起来！"栀子厉声说，左右看看。她的心猛烈地跳起来，又扭头看下面。滨江路上，汽车们首尾相衔，缓慢蠕动。运输能力居然是同汽车数量成反比，这是以前的人们想不到的。

关西将离婚证收起来。"看不看随便你，反正我自由了。"

栀子心想其实是我不敢看。这一看，就是说，一验证，不就成了你是为我离的婚吗？我负得了这个责任吗？东海宽厚的笑和飞飞调皮的笑一闪而过，栀子在幸福的同时感到了恐惧。

关西看透了她的心思，说："我不会干扰你的生活。我想一个人若是真爱另一个人，得让人家好过，至少不能为难人家，对不对？"

栀子没吭声。关西又说："这段时间我想透了一个简单的道理，就是需要与爱的区别。我们容易将需要说成是爱。我是爱你。"

"你不需要我？"栀子讥讽地盯着他。

关西朗声大笑。从前那个关西开始再现。

他收敛了笑容，慢慢说道："我一直认为，你在北京时，我们相好，是双方的需要。至少我以为自己是在需要你……你走了以后这大半年，我独自终于看透了自己的心：我是爱着你。这样我就给自己发了誓：要像阿甘爱简妮那样来爱你……"

美国大片《阿甘正传》中，简妮要做什么阿甘都由她，只在她需要帮助时来到她身边。

栀子扭头去看下面。这次是为了强忍眼泪。

"既是这样，就在北京不好吗？何必一定来到重庆？"

"不是你叫我来的吗？"关西凑近了她故作机密地问。他还想说"你不是告诉我你没有丈夫吗"，但没说出来。他很了解栀子，知道她不喜欢将所有的话都讲透。

关西并不知道，那部连载小说并不是栀子寄给他的。这个误会，以及小说本身的力量，当然啦，还有那个署名"吴王"，改变了这条中原大汉的一生。

读小说的时候，他看到了她对他的至高无上的评判，和深藏于心的情愫，这没有错。他看到了她让人惊讶的才华，这也没有错。他将"吴王"理解为"勿相忘"，这刚好是她的本意；但同时又是"夫差"，即差一个男人，他理解错了。这个错误，他同南海犯得一样，只不过一个是因为太痴情，另一个是因为太聪明。

那么，接下来总结性的理解是：她以她独特的方式向他召唤——来到我的身边。

他觉得自己义无反顾了。他知道这是一次很大的赌博。完全可能，已有的失去了，想要的得不到。当他思考这个时候，一句开业务会议时常听到的话钻进了他的脑袋：机遇总是与风险并存的。

栀子说："我什么时候叫你来了？"

关西仰身坐回去，说："不错，是我自己来的。"但他仍然认为栀子的否认只是出于素来的——风格。

"那么你所谓的接力小说广告策划之类,是醉翁之意不在酒,虚晃一枪啰?"

"不,"关西正襟危坐,"醉翁之意也在酒。这事是要真干的。不但这一次,以后还会有多次与贵报谋合作。只要你还在《都市生活》。"

巨大的幸福又一次浸透全身。栀子闭上了眼睛。但她非常明显地感到了胭脂的太阳在四周照耀,大都市深沉的低鸣在脚心震荡……栀子前所未有地看见了其实看不见的东西——生命。

良久,她听见关西说:"我们来商量一下具体的程序吧。"

栀子说:"好吧。"在拟定一个一个作者名单的时候,栀子想到:关西是想以后能经常以工作的名义待在她身边,不禁长叹一声,在内心对着苍天喊道——爱情啊,你凭什么摆布我们?……

关西送栀子回去的时候夜已深。到了宿舍区内一个地方,栀子说:"就停在这里吧。"关西问:"不是路口,为什么不停在路口?"

栀子轻声说:"我不要你看见我居住的地方。否则对你太残酷了。"

关西说:"没有什么,我得必须能经受一切。"

栀子进屋以后,看见东海正在看电视。她知道这是在等她,等她打电话叫他到路口去接她。每当她回来较晚时,都是这样。她将东西放好以后,就进了卫生间。她不敢让东海看清了她的神情。她坚信一个人心中有爱时脸上藏不住。岂止脸,每一根指头都会泄露秘密。

东海从来不盘问她。为什么这么晚?都干了些什么?同谁在一起?有一次她自己忍不住了,反而问他:"哎?你为什么不盘问盘问我啊？"东海笑起来说："真是贱得可爱呀姑奶奶，太自由了反而不自在了？好吧，从明天起管起来。"

但并没有真正管过。栀子明白丈夫并非出于绝对信任，而是装糊涂。有次东海同她谈起美国畅销小说《廊桥遗梦》，说："女主人公的丈夫明知她有过外遇，但佯装不知，一如既往地爱她，一切隐瞒到死……这种男人很难当的，比叱咤风云、才华横溢的更不容易……理解与原谅才是最大的爱啊！"东海非常感慨。

栀子明白丈夫此言绝非影射，更非暗示，只是他心态的不经意流露……这会儿她对郑板桥的"难得糊涂"才有了真实的体会。

谢谢你，老公，你其实是我在这世上最爱的男人。

栀子上了床。她希望丈夫不要有那种要求。谢天谢地，他没有。现在想来，只要她回家很晚，他都尽可能让她早睡……说来好笑，有时候倒是自己有那种意思。这种时候，丈夫一般不扫她的兴，至多只是问问："你还不累吗？"

这天栀子悄悄地开了一阵车。因为她没有驾照，所以只能叫悄悄。车是关西的桑塔纳 2000 型；当然啰，是公司的，但由关西使用。

有个作家说："豪华小卧车是人类从必需进入到奢华的里程碑"，栀子认为此言有理，但天资极高的她还发现了豪华小卧车同时也是另一座里程碑：从生存走向了生活。

教练自然是关西。栀子由此发现了一种无法形容的快感——一个女人在一个男人的怀中指挥着一大堆复杂而美丽的钢铁……由此也领略了一个穿三点式的金发女郎让一只大型猫科动物俯首帖耳的王中王之感。

她觉得很幸福，有点理解那几个"另外嫁个有车的"女友了。没车人体会不到有车人的乐趣。联合国教科文组织的一份报告

中将人类进步归为两条：寿命的延长和足迹的扩大。栀子认为后一条即与汽车有关。

不必说远征胜地的生动，就是忙里偷闲的就近点染也相当刺激。譬如提前一点点下班，去四十公里外的北温泉，在宁静的傍晚山林中散步，泡温泉，喝夜啤酒……玩了许多程序转了很大一圈之后回到家里，电视里还在播晚间新闻，一切的一切毫无异样，神不知鬼不觉。

有了自己的车，才知道被外地人嗤之以鼻的重庆，其实也有许多可圈可点之处。

有了车后的栀子以自己的文学禀赋打了个让关西得意的比喻：以前的生活，只是一张张黑白照片。

那么为了让彩照更有层次，栀子将关西带到了李深湾三妹家。

有天关西偶然问起了三妹，让栀子起了这个念头。何况关西非常喜欢钓鱼。

车可以晃晃悠悠地开到三妹家不远处。两人下了车，栀子一眼看见个大肚子妇女在打手机，再一看竟是三妹，不禁大笑起来。

三妹看见栀子，也很高兴，一脸自知理亏的羞涩地笑。

"哪个单方面撕毁合同？"栀子问，"不是说三年之内不生吗？"这才不到一年。

"我犟不过他。"三妹佯生怒火，"龟儿是条阴毒蛇，不开腔不出气，什么都得依他。"

"这么坏？"栀子也同仇敌忾，"娘娘做主，离了算了！嗯？"

三妹笑起来。看得出她对现状是满意的。"关主任你好！"她主动招呼关西。在北京时对"那个人"的敌意没有了。大概一方面自己已安家，淡化了将栀子当主母之感；另一方面栀子全家都在这里，"那个人"也做不了多大的事。

"关主任来重庆出差？"

"对。"关西说。这是栀子吩咐的。

"二郎呢？"栀子问。

"在那头。我喊他过来。"

栀子以为她要过去叫人，却不料三妹又打手机。说明这一家农民至少有两部手机，栀子有些感慨。想到明明可以大声呼唤的，偏要打电话，又有些好笑。

二郎不慌不忙地过来了。这个伙子有底气，栀子想，急火惊风的三妹也必须有这个稳当的男人才行。不由又想到了东海。

"关主任你好！"二郎同关西握手，不卑不亢。看来三妹早就给他说起过"那个人"。

二郎去取来了渔具。看得出关西不像南海那样喜欢这古朴的斑竹钓竿。

但关西也很欣赏那喂自家鱼的头道泉。对"头道泉南海左书"几个字频频点头，叹口气，控制不住似的，说了句大煞风景的话："其实你有一个相当不错的大家庭。"

栀子内心承认，但她抢白道："那你跑来搅和什么？"她聪明。

果然，这种真假莫辨的否认让关西情绪好了点，开始往鱼钩上挂食饵。

栀子问二郎："为啥要逼着三妹生孩子。"二郎说："我没有逼她，是替她想当酒店老板娘着想的。你想嘛，娘娘！等她喂了两年鱼，又开两年馆子，就二十六岁了，过了最好的生育年龄，不符合优生。而且，农村，你嫁过来四年不生，别人会以为有哪个没得生，老人脸上很难看，弄得三妹要怄气的。现在怀了活可以少做一点，生孩子，喂孩子，两年一混就过去了。孩子断奶以后，开馆子你就不会中断。"

栀子连连说："不错不错，你的安排是科学的。"

二郎又说："月子里，我们就请个保姆，让这保姆也熟悉喂鱼，等三妹和我去开馆子时，这保姆就可以转成养鱼工人。"

栀子大声夸奖说："二郎你完全是当经理的料。"

二郎说："娘娘，没那么厉害，我真的是替三妹想的。"

二郎说："我去弄饭。"他离开后，关西说："这小子很有心计的，为了三妹嫁给他，什么都答应，还签合同。一嫁过来，合同立刻做根本性修改！哈哈哈！"

栀子也笑起来，说："两口子之间订合同，在中国可能行不通。那小子的确有心计。"

说话之间关西也钓上一尾本地鲤鱼，鲜红的嘴唇，金色的尾巴，美丽极了，把北方汉子看呆了，禁不住扭头，初次见面似的盯着栀子，在她的腮上亲了一口。栀子骂了他一句，伸手掐掐他的腰。

这些都让二郎看见了。

半下午，二郎笑眯眯地送走栀子和关西以后，立刻用手机向南海告密。

二郎很不喜欢栀子娘娘同"那个人"相好。他憎恨"那个人"。你居然还撵到重庆来了！

找南海不找东海，这也是二朗的心机。直接捅给了东海，说不定要弄出什么事来。让亲弟弟去处理哥哥的事，既忠心耿耿帮了忙，又不是狗拿耗子多管闲事。而且该怎么处理，南海当然会把握。

二郎因为喜欢三妹，所以把媒人南海当恩人待，抓住机会就要表白。

"他们两个那种样子，我还是看得出来。眼眨眉毛动，不是一般的朋友。"二郎说。

"你怎么知道关主任不是出差,是长驻重庆了呢？"南海问。他好像只对长驻短住特关注。

"他们走的时候我去送了,我才知道他们是自己开车来的。就是关主任开的。"

"也可能是关主任从北京开来的吧！现在开个小车出远差也很平常了。"

"那么车牌照应该是京字头对吧？但这个车是渝字头,是重庆的车。"

南海在那头笑起来。

二郎又说:"关主任倒车的时候娘娘在问他排档什么的,好像娘娘也在学着开。"

最后这一点最重要。南海叮咛道:"这个事,除了我以外,别告诉任何人。给三妹也打一下招呼。记住啰！"

南海对月季说:"你姐姐真是魅力无边哪,有本事把那个男人从北京勾来重庆落地生根。"

月季听罢原委,愣了好大一阵,说:"糟了,恐怕是我惹出的事。"遂将寄了小说《今冬明春》到枝子酒楼的事说了出来。

南海说:"你啥时学会了拉皮条的？拉皮条也不看看对象！"

月季懊悔道:"我只是想让那个人知道我姐并非无情无义之人,不过自有苦衷而已。"

南海叹息道:"其实情义害人,往往胜于无情无义。"有顷,又说:"要怪还只能怪我。那小说,谁也不知道是她写的,偏让我识破机关。识破了就识破了吧,偏又来告诉你这个二杆子！这些都是教训。"

"那现怎么办呢？"月季问。

"不好办。也不必怎么办。你姐姐是个相当逆反的人,又自尊,如果感到了压力,说不定会变本加厉的。我哥哥本是个一

半真糊涂一半装糊涂的人，你让他知道了反而害了他。"

"倒要替她瞒着？"

"对，先这样，都不吭声。纯粹的情人都长不了的。而且，人这种东西，都是远香近臭。"

"或者，我给介绍个漂亮的小姐去那个人身边工作，把我姐姐替下来。"月季说着笑起来。

"馊主意！"南海也笑起来，"你这个人真还是个媒婆哎！没用。你想那个人万里之外来赴这个心灵之约，绝非仅冲女色而来，也不是什么人他都接受的。"

其实南海自有想法，而且自己都明白有些阴险，就是只能促使两人内部分裂。毛主席说堡垒最容易从内部攻破。

一个重要的依据就是：玩车。这人只要在玩车呀，什么事就快了，南海明白。每一种文明样式的初探者都会享受到特殊的乐趣，然后付出巨大的代价。这是规律，无法抗拒。这条规律是几年前南海听了一位交警朋友的话之后总结的。那位朋友说重庆最早一批买摩托车的崽儿基本上撞死完了。

而且栀子这个人，南海明白，大脑发达，小脑不行。就是说，她的协调功能不好。她最不适合的职业就是驾驶员。

但这个人谨慎心细，所以不大会出那种车毁人亡的大车祸，但可以不断出一些小祸。这也够关西受的。加上她又特别敏感自尊，那么一来二去就会心生裂痕。

一切让南海不幸料中。

几天以后，栀子出了一起小车祸。

那是一个阳光明媚的中午，栀子在关西那个东港公司的花园小区里开车。车里有几盆花，那是关西弄来上阳台的。因为不开上大街，所以栀子有意独自操作，过把瘾。

车转弯时，速度快了些，花盆就翻倒了。栀子听见响声，就下意识回头去看。一般司机短暂回头那车也能直走的。但栀子这车却一下冲上花圃，将放在花圃旁的一辆自行车撞飞，撞断一片盛开的山茶树。

自行车的主人是个小伙子，给吓了一大跳，很生气地冲她嚷："我要是骑在车上不被你撞死啊。"末了索赔600元，因为是辆山地车。

栀子看了自行车，说："可修嘛，最多赔200元。"小伙子不愿修。这时围过来一些看客，栀子很窘，不敢恋战，咬咬牙给了600元。小伙子果然弃车而去。

栀子这才慌忙将车倒出花圃。倒出来后感到不对劲儿，就听有人说前轮瘪了一个。也许因为慌乱（有人又在喊快走噢，等会儿要你赔花园就更惨了），也许出于侥幸，她居然硬将车开走了，结果又撞上了石栏，几块大条石轰隆隆地掉在堡垒下的人行道上，幸好没伤人。

栀子无法了，挤出更为炽热的观众，打手机将关西叫了来。

关西驱赶观众。观众中有一些就是公司的民工，认识他，一边离去，一边暧昧地笑，还有的回头正式打量栀子。

关西弄清楚一切后，很生气，但他强忍了，没发作。他在心里说她已经吓坏了，不能再说她。

他打电话叫人来换轮胎，又同保险公司联系理赔的事。在漫长的等待中一切平静下来，关西以他工科大学生的逻辑替栀子总结教训。

一、你还是不该独自开车，你眼下还不具备这个能力。

二、转弯时记着减速，宁肯太慢，也不能稍快。

三、以后永远不要车往前开，人往后看。那花盆要倒由它倒去。

四、那辆自行车应该由保险公司赔偿。不过让那车主同你

一起找保险公司他当然不干，那么要让他出具证明，证明上要有他的姓名、地址、身份证号码，由保险公司核实以后支付赔金。

五、四个轮子的车，坏了任何一个，都不能再开。以后永远不要闹这种笑话。

六、那么那辆撞坏的自行车可以交保险公司……车呢？（不见了。一定是给某个观众弄走了。）以后出了任何事情，一定有保护现场的意识。

七、……

八、……

按理说，关西所言，每一条都是对的，而且措辞温和，态度诚恳，但栀子不能忍受了。但她也没有发火，只是冷冷地说："这次车祸的一切损失，包括贵公司的设施，全部由我赔偿。"

这句话给关西的刺激，远胜于车祸本身。关西终于毛了。但他也是只嚷了一句："你这个人还讲理不讲啊？"

栀子仍然冷冷地说："唯女子与小人难养。你看着办！"

关西气得在花圃里坐下来。

僵了一阵，关西走过来，哄栀子。每次都是这样，关西好像给规定了男人的使命似的，强将自己的委屈收拾起，去化解栀子的不满。栀子明白这人这德性，心中得意，但脸上仍然冷着。"你把保险单据给我，你忙去吧，一切我能处理。"她说。

关西说："别逼我，栀子，我没有埋怨的意思，我只是想替你总结一下得失。掌握一种新事物，总之允许有过失——"

"总结什么？我再也不开车了。"

"不要走极端嘛！"

"不是走极端。是我小脑不发达，身体协调性不行。"这点她从小就听父亲说过。

"那么也不过是多操练，所谓勤能补拙吧！"他看看表，"你该上班了。这么着，你打了车走，我来收拾局面。"

栀子不动弹。其实她是认为闯了祸就一走了之太不仗义。然而太仗义的关西以为她还在生气，不觉却动了感情，说："栀子，我跨黄河、过长江，万里迢迢来赴你的约会。关西我在重庆举目无亲，你再不理睬我，我可就难活了。"

栀子不禁动容。但是光天化日她也不能多做什么。她叹口气，拉拉关西的袖口，说："我不生气了，我主要是给吓住了。好吧，我去上班。你在这里处理完了来个电话吧。"

晚上，东海发现了栀子左手大拇指受了伤，指甲都翻开了，就问。栀子说："学开熟人的车玩儿，刹急了弄伤了手。"

东海吃了一惊。"你不适合开汽车噢！你是个只能当司令不能当士兵的人噢！"

东海的告诫适得其反。栀子想难道我不是个正常人？越发决定要将车开好。

次日她揣了两千元钱，将关西约到解放碑，说你来替我参考参考，我想买件大衣。然而在卖男装的厅里久留，叫关西试试这一套，试试那一套……关西明白她的用心，是想送他一套好西装弥补自己的过失，又感动又好笑，坚持每一套都看不上。末了倒将她带去酒店，点了最肥的大闸蟹给她压惊。

关西举杯，并不提昨天的事，而说："代表东港公司销售部，向全力给予配合的《都市生活》副刊部表示感谢。"栀子差点大笑失声。

事实上接力小说的宣传效果很不错。公司这边广告费给得充足，作者报酬较高，所以写作相当认真。更主要的是栀子的方案：不用很多人单一接力，那样由于实力不均，风格迥异效果难以保证；她只选了五位知名度很高的作者，采用循环接力的方式……这样读者便于比较，注意力也能集中。

不知不觉，窗外一片夜的辉煌。这里是市中心最高处，山城夜景，伸手可触。人有如端坐于全世界的珠宝之中……关西赞叹不已，说："重庆的夜景，其实胜过香港。"

"此话怎讲？"栀子尚未去过香港。

"香港的灯光过于密集。由于很规范的住宅又高又多，所以大片大片的清一色格子式的白色灯光霸住了人的视野。总之香港的夜景很呆板，不像重庆这样的错落有致，非常生动。"

栀子深情地看着关西，笑起来，心里说恐怕是情人眼里出西施，加上爱屋及乌吧！

不由想起有一天，栀子问关西："你这样孤注一掷，我一时又不能嫁你，怎么个了结啊？"

关西坦然答道："何须了结？天下事了犹未了，何妨以不了了之！关某得以常近芳容，而且知道是你心中最爱，已经很满足了。一切听其自然吧。"

栀子又一次真切地体会到了幸福。

两个月以后，在春天叫人以为是夏天的时候，栀子出了一起重大的车祸。大得让巫师般料事如神的南海听见以后也瞠目结舌，叫了声："我的天哪！"

死了人，一个农民，一个你不碰他过不了多久他就自己死掉的老农民。

那是一个明亮的午后。栀子和关西驱车在华蓥山中漫游。漫游是栀子的主意，去华蓥山是关西的主意。关西读史知道有著名的华蓥山游击队，读地图册知道了华蓥山里"山上林木昌茂，水源丰富，山下农耕发达，"不禁拍案叫好。

再看重庆变为直辖市后的新版交通图，发现有好几条贯穿大山两侧的公路，但不是干道，显然车辆不多，那么既清静，又便于栀子练车。

　　栀子对东海说："这个周末某公司请我们去华蓥山度假，两三天。"这类事现今很寻常，东海也不在意，只说了声："休息好，少熬夜。"

　　星期五下午出去，星期天晚上回来，一切正常。次日下午，栀子在编辑部给关西打电话，那边一个相熟的干部告诉他，关西已被"有关的职能部门请去了"，栀子才知道果然出了事。说果然，是当时拿不准是不是真有人滚下了岩畔。灰不溜秋的，好像是人。当时山岚游走，景致很美，但能见度不高。栀子开着；这里既是野外的公路，又没有交警，所以她心情很放松，感觉非常过瘾……车过一个急弯，转得有点靠外，依稀感到草窠中有个什么，又感到那个什么滚了下去。两个互相看看，又没发现什么动静，于是本能地赶快离开了。这是昨天中午的事。

　　栀子心急如焚，挨到晚上，才接到关西从邻水县城打来的电话。他很平静地说："汽车的尾部将一个老农民扫下了岩畔，当即死亡，现他正争取不被认定为'逃离现场'，否则后果更加严重。"

　　"能不能弄回重庆来处理？"栀子问。

　　"不能。出事地点属于邻水县。"

　　"那我马上来。"栀子决然地说，要挂电话。

　　"别别别！"关西在那边急得不行，"我就是为了这个才打电话的。我好不容易争取到打个电话。听我说：你没有资格，懂不懂？嗯？"

　　"你是说……嗯，我明白。"如果是栀子开的车，即无照开车，罪加一等。

　　"但你是无辜的呀！"栀子直想哭。

　　"这事只能由我来处理。你要理智！答应我！千万别瞎搅和！嗯？"

　　栀子长叹一声，说："先这么着吧。"

她想了想，立刻去见了南海，告诉她自己开车出了事，车主在代她受过。

一切见惯不惊的南海也愣了好一阵子，末了说："这种事最后总是用钱解决的，我们准备出钱吧，当事人由他去当。"

栀子说："这么做怎能心安。"

南海说："这么做于各方都比较简单。他是有驾照的，算交通事故。你是无照开车，属违法，懂不懂？过去叫交通规则，现在叫交通法规了。"

沉默良久，栀子说："我游戏生活，害人又害己。"

南海说："不要拔得那高嘛！不就是出点事吗？解决就是了。我调动我全部关系来办。"

"这事要不要告诉你哥哥呢？"

"要。否则你得在他面前假装无事，心理压力太大。而且东海待你如何，你心中自然有数。"稍停，补了一句："但话只能说到想过车瘾这份儿上。"

栀子点点头。她想南海一定是料准了真相的。那么真人面前不说假话了。她说："谢谢你，南海，我是个对不起所有男人的女人。"

所有的关系也没能救下关西。他得服刑一年半。赔偿金额并不多：四万两千元人民币。

职能部门称：肇事后驾车逃离现场，情节特别严重。那老农是因没及时抢救，失血过多死亡的。

赔金是栀子交的。她也明白关西是想让她心里好受一点才同意的。

关西去劳改农场之前栀子同他见了面，这也是南海辗转的关系去争取的破例。

从出事到现在，一个多月了。关西变得白净了许多，而且说不准是胖了还是浮肿。不过情绪还不错。

栀子一见到他就哭了。关西低声喝道："别哭，弄得我难受。"栀子立刻强止了哭泣。她第一次如此听话。

关西笑起来，说："我在三十岁以后，感到日子过得特别快，对日月如梭已有体会。现在反过来体会一下度日如年，也是一种意外收获。"

"到这份儿了，你还来黑色幽默啊！"

"不是黑色幽默，是尽量将坏事变好事。一年半嘛，刚够体会的。等出了狱，我要写一部小说，比你写的，保不准还好呢！"

栀子失口叫道："你怎么知道我写过小说？"

关西大吃一惊，开口不得。但栀子的神情不像在矫情，或者故弄玄虚……那么，他想自己可能遭遇了一个，按歌里唱的，"美丽的误会？"

他问："你们副刊上有个中篇，叫《今冬明春》，作者署名吴王，是不是你？"

栀子说："是我的。你在哪里看到的？"

"在北京啊！难道不是你寄给我的？"

栀子说："嘿——"旋即缄了口。如果说不是她寄的，关西岂不伤透了心？现在回想关西初到重庆时所说的"不是你叫我来的吗"，的确并非信口开河……这一瞬间她想到了命运。

她冷静下来，模棱两可地说："我是不打算让任何人知道是我写的。这就是天意了。关西，我命中注定同你有这么一场的。"

关西说："我也是这样想的，否则无法解释。三年前我第一次见到你时就有预感：我们之间可能会有点什么。啊！"关西神往起来，"现在回忆当时那种感觉，很奇妙啊……"缄口凝神。栀子也屏住了呼吸。他又说："这几天我在看守所里，无事，就思想。我突然想到，一个人会产生某一种念头，是不是受了某种

神秘力量的指使呢？"

栀子有点担心了，说："你不必去想这些。如果真有神秘力量，或者造物主意志什么的，也不是我们这些凡人能知道的。你去了农场，要同管教干部们搞好关系，争取减刑。我在外面一定替你努力……我已经给东海说清了这事，所以，可以放开手脚来做了。"

"他没有责备你？"

"基本上没有。他只是说我告诫过你，不要玩儿车。我说就是因为不服你这个气，想证明自己的能耐，才偏去开车的。他就没有再说话了。"

"栀子你这是不讲道理噢！"

"我知道。女人在男人面前蛮横，是一种心理需要。"

"是不是想用这种方式来检验对方爱自己的程度？"

栀子认真地想了想。"嗯，大概是吧。"

"那么，"关西很后悔地说，"过去我总是同你较真儿，论理，惹得你生气，我自己也委屈。我真愚蠢啊！"

"别别，千万别这么说。事实上是我的错。"

"现在我有些明白你为什么离不开东海了。这个人很能理解人，而且他的心胸真是宽广啊！可惜我不能当面向他表示歉意，还有敬意。"

"关西，你们都是很好的人。问题在我这里。这一点我很清醒，只是拿自己没有办法。世界上有一种女人是对不起所有男人的，我就是一个。"

关西服刑的农场，离市内近一百多公里，栀子每去探视一次，得花一整天；半个月可以探一次。去第三次的时候，发现关西情况不妙：消瘦，脸色不好，而且情绪很沮丧，以至身材都似乎矮小了一些。

"不是说到了农场，比待在看守所好吗？"栀子问，心里非常难受。

"对。但我这人有点特殊：生物钟怎么也调不过来。我习惯于晚睡晚起。这里呢，晚十点统一休息，我根本不能入睡。一想到早六点得起床，心里急，更睡不着……"

"长期下去，怎么得了？"栀子的声音都颤抖了。

"是啊，再说吧。"说着他倒笑起来，"多数犯人都无所谓，只有我对付不下来。看来我这人真还不适合当犯人。"

"关西你精神上一定要挺住啊！你才三十多岁，可塑性还是很大的。你听着：我离了婚来等你。你出了狱我就嫁给你。下次来我就把离婚证让你看！"

关西愣了一阵。"不要乱来！"他低声喝道。

"不是乱来，关西。这事我已想了很久。非如此我心难平。"说罢，不等关西开口，起身决然离去。

当晚，栀子即向东海摊牌。东海尽管稳沉，素来放任自流，但还是吃惊不小。好一阵才缓过劲儿来，去看看女儿的房门是否关严，然后坐下问："这是唯一的选择吗？"

"这是唯一的选择。否则那个人的精神会崩溃的。"栀子不知不觉沿用了三妹的称呼，"这样我会终生自责。"

栀子对关西的介绍，是说"他是个对我帮助很大，同时爱着我，不惜破釜沉舟奔我而来的男人。"这应该说是真实的。再往细，栀子没说什么。

东海说："你真是个大手笔。生活的大手笔。一会儿一个招儿，一会儿一个招儿……我尊重你对生活的选择。我同意。"

栀子自己倒伤心起来，哽咽着说："东海，这些年来我其实一直都在欺负你。"

东海笑起来，说："我自己并没有这种感觉，我对你非常习惯。"

然后他认真地说：“那个人出狱以后，未必会同你结婚。”

“为什么？他舍弃京官不做，来到这脏兮兮的西南一隅，给私人老板打工，不就是为了我吗？”

“是的。但你注意他这个人的性格。这是个热血的人，很仗义，这也算燕赵之地的特产了，那么他是不是愿意来打碎你完全能够接受的家庭？”

栀子答不出。她心里说：“东海你太谦虚了，这个家庭其实我是很热爱的。”

东海又说：“你们在一起高高兴兴的时候，你不答应他，现在的主动答应，会不会被他理解为报答？他这种人能接受报答吗？”

栀子也答不出。

“还有，有一种人，轰轰烈烈一时，他拼得出去，坚韧不拔一生，他难以办到。那么会不会，当苦尽甘来，他真要面对你后半生数十年的时候，他反而没有信心了？”

栀子还是答不出。但是她说：“目前只能这样，才能让他有精神支柱。否则，仅是睡眠一种，不出半年就能要了他的命。”

东海立刻说：“好，那就快办。”说话之间站了起来，找纸笔，草拟协议书。

两天以后离婚证书到手。这恐怕是中国最快的一例了。那是个炎热的下午，太阳晒在栀子头上她只是感到光太强，不停地用手遮眼睛，人突然没有了方向感，在东海的指引下才回到家中。

本来说好了，不告诉任何人，但南海一头闯进来看见了那个小本，喜出望外，悄悄地对哥哥说：“妙哉，妙哉！这个不是你们的离婚证书，倒是她和那个人的分手序幕。”

南海是为营救关西而来的。他兴奋地告诉栀子，他已为关西减刑找到一个由头，就是发表文章，让关西发。

"发表文章能减刑？"栀子置疑，"那不成了文学救国论了？"

南海解释："减刑的依据是立功。在国家公开发行的报刊上发表了'一定数量的较好文章'后可以记功，如果获了奖，记功就更没问题了。"

"真的呀？"栀子大喜，"没听说过呢！"

"以前我们家没有犯人，谁去过问这种事。昨天我同政法大学一个朋友说起减刑的事，那朋友说让我将犯人的文章润润色，发表，获奖，就能帮助减刑。他还拿出本杂志，上面有当初的委托人在服刑期间发表的文章。"

栀子连连点头，心想这个还能让关西得到一些时间上的自由，补充一点睡眠。她说："谢谢你南海，你在我最困难的时候鼎力相助。"接着又想到我也很对不起南海，同时也对不起自己的父亲——他是非常喜欢女婿东海的。

下一次去探监时栀子故作轻松地告诉关西我自由了，你刑满后我们就结婚。其实她心中的苦涩，有点打不起精神……在拿到离婚证书以后她前所未有的眷念东海。她甚至突然想起了一个女人，就是自己在北京替她买过棉鞋的。那个女人至少是东海很钟爱的。结果她还跑去学院附近的酒楼去看那个老板娘。那老板娘是东北口音，面容好像白菜心，还是很好看的……栀子一个劲儿地揣摸这老板娘，不，女老板，会不会同东海好上。

结果这样一来，她发现自己对关西淡了许多。但无论如何，先得救他。

关西盯着探视单上的"未婚妻"发愣。以前这一栏填的是"朋友"。

栀子要拿离婚证给关西看，关西说："不用。谢谢你，栀子！你能这样地为我拼出去，我没有想到。你给了我很大的安慰。只是，想到弄得别人妻离子散，我觉得挺罪过的。"

"不必这样想，关西。这个对东海也可能是好事。他一直喜欢一个离了婚的女老板，开酒楼的。"她在心里说罪过罪过，阿弥陀佛，东海你原谅我，女老板你原谅我。

"是——吗？"关西笑起来，"怎么这类事情都是一个模式？"

栀子诳关西："我自己租了一套旧房住着。你出狱后就直接回到我那里来。"

关西苦笑着说："我能拖到刑满？别看我牛高马大，其实适应环境的能力很差，这是我以前不知道的。我就算能活着出来，那样子可能也令人生厌了。"

"没有那么严重，慢慢地可以适应。而且我们找到了一种立功减刑的方法。"

关西听她说了发表文章的设想后，振奋了许多，问是谁的主意。

栀子说是南海的。"他说你可以将服刑改造的心得体会，还有管教干部们的辛劳、心血，详细写出来，像流水账都行，他可以加工，发表，甚至获奖。"

关西深深地看了栀子一眼默默点头。

"南海说，只要有一两篇见报，你就可以申请成为宣传骨干，这样在作息时间上就可以自由多了，那么对你的身体也有好处。"

关西又点点头。末了说："你们重庆的人心，非常质朴。"

栀子垂下眼睑，没有吭声。

那以后，一切真的都在向好的方面转化。

关于那个劳改农场的表扬性报道，不断出现在诸如《重庆日报》这类重要的大报上；关西也获取了相当多的自由，身体渐渐正常；而且，几乎每两个月都记一次功……总之一切按照希望的情形在实现。这样，在关西服刑九个月之后，他获释了。减刑七个月。这是很不容易的。

但是，随着关西归期一天天接近，栀子的心情一天比一天沉重。

她自问：我是否很爱关西？回答：是的。但是再往深处仔细地、准确地品察一下，就不得不承认，在为了关西而失去了东海和家庭以后，对关西的爱……好像同时成了负担。在可以轻松自如完完全全得到他的时候，自己反而不像以前那么热切，甚至有点不情愿。

她想起以前读到的一个德国童话。巫师给了某人一个本领：他往谁身边一坐，他身上的钱就与人家一样多了。他往一个富翁身边坐了，果然。这时他想我将他的钱全赢过来，不是就更多了吗？他全赢了。但当富翁兜里没了一个子儿时，他的钱也没了。

她觉得自己就像那个人。她警告自己，不能再加强这种感觉。我要兴奋起来，好好爱关西。

直到关西出狱前半个月，她才真的租了一套房子，努力布置成自己离婚以后一直单独住这儿的样子。幸好这是套旧房，如果是新的，要弄得旧一点得费很多力。

她不愿意回去搬东西，所以一切现买。现在的日用品并不贵，但素来并不悭吝的她竟然有一点心疼。想来想去，是有一种花冤枉钱的感觉。"要不得要不得。"她对自己说，赶紧打消吧。

看着房间，尤其是看到了床铺就想着关西回来之后，憋得太久的他一定迫不及待地要来肌肤相亲……不由打了个激灵，也说不清是预感到刺激，还是有点别扭。"要不得要不得。"她又对自己说。

她去到农场。作为探视，这可能是最后一次了。但再过一个多星期就可以获得自由和婚姻的关西却没有她想象的那样兴奋。那可是很有爱情的婚姻啊！

"怎么，"栀子取笑他，"有点舍不得？"

"疯了吗我？"关西也笑起来，"没什么。活到这份儿上，学

会了谨慎。凡事不敢高兴太早。"

"说的也是。哎，跟你说啊，房间比较简陋，你别见怪。我是想以后总得有自己的住房，这会儿只要两人有安身之地就行。"

"比这里还差？"

栀子又笑起来。"哎，是不是 15 号出来？到那天我弄辆车来接你。"

关西说：" 你 14 号先打个电话来落落实吧。别白跑一趟。"

"也行。"

栀子回去的时候，在车里看外面。公路下面那条小河，跑了这么多趟也没知道它的名字。河水还算清冽，只是颜色有点发灰；河中有木船，船上有竹篷。河边的竹子颜色也有点发灰。河中有一群鸭子也是这样。栀子觉得没劲，就将头扭开。

她看见了宝顶。宝顶是华蓥山的主峰，从这里望去，高得吓人，栀子兀自有一种坐立不稳就要摔下去的感觉，赶紧抓住椅背。想想又有些奇怪：那种地方人是怎么上去的啊！据说只要是逢了哪位菩萨的什么日子，宝顶上的佛事还是很盛呢！不由又抬头望去，宝顶已然云遮雾障，神秘莫测……人如住在那上面，远离纠葛，内心一定很安宁吧？栀子这样想，突然觉得自己的心思怪怪的。

14 号下午，栀子给关西打电话。她本想买些菜准备着，但又想还是打了电话再说吧。她有一种说不出来的预感。

尽管有预感，她还是吃了一惊：那边告诉她，关西已于四天前出狱了。在得知她就是未婚妻时，对方转告关西留的话：给她写了一封信，寄到报社的。

栀子赶到办公室，果然看见了关西的来信。

栀子：

见信如晤。我已离开了重庆，先回北京准备一下，然后可能去香港。

近一年的狱中生活，给了我足够的思考时间。你至今是我在这世上最爱的女人，但同你结婚一起走完后几十年，我感到没有信心。说真话很残酷，但说假话是犯罪。

你离了婚准备嫁给我，让我很感温暖。而且我敢于为你拼出去，你也敢于为我拼出去，我的心理获得了平衡，觉得不冤枉。这样说来这里面还是有交换的，这也是残酷的实话。像阿甘那样去爱女人，绝非易事。但是，被阿甘那样爱着的简妮，不是得了艾滋病死去了吗？

再承认一点，就是来到重庆，按你的说法破釜沉舟，其实是有一点做作的。我被你在小说中的感情，尤其是对我的那种评价所打动，便决定要做给你看。对你的爱是真的，但那种爱法却有一点点假。

尽管如此，我还是感谢生活，生活给了我许多领略。南海不是说领略强于欣赏吗？

我真诚地感谢东海兄弟。他们对人，对生活的理解，令我不能望其项背。他们心胸的宽阔也让我惭愧。也许，只是徒有其表？

我走了，栀子，以后能否再见，听其自然吧。

关西于农场

73

寻找假人
生还的女人要寻找一个男人

　　此事的发端，在一家报社——公安系统所办《法制与生活》日报。

　　安明正看着稿子，听见下雨了，就将一切搬到阳台上。她喜欢看下雨，所以编辑部也想像一般住户那样将阳台封起来时，她反对。而且说服了负责行政的大叔（整个报社都这么叫这位退休警官），小小地贿赂了总编，大家都叫他老板——这个好像也成了时尚，将阳台保住了。安明称所有的封闭阳台中的人为"鸟人"。

　　电话突然响了。编辑兼记者三空在楼下说："安姐儿，不得了！五灵湖惨案那位幸存者来了。是个美人，神经兮兮的，要见你，请你破案，让不让她来？"

　　"让她来。正好正好。你带她上来吧。"安明挂上电话，望着如帘的雨丝，那流动的玉韵又让她感到了天意的神秘。

　　三天前的夜里，一对夫妇在五灵湖划小船，观夜渔，在突起的浓雾中迷失了方向，致使小船随暴涨的湖水漫过了堤坝摔下高岩，妻子跳水游回，丈夫摔死。就是各报所称的"五灵湖惨祸"。有人认为其中有诈，故又称"惨案"——主要是死者汪丁的亲属。这种看法，当然是冲生还者柳眉来的。

五灵湖本是近郊的一座大水库，因为太大，所以感觉是天然内陆湖，岔湾繁多，小岛星罗，植被丰厚，周边景色也美，所以被投了巨资，建成了"五灵湖度假村"。它的主体建在最大的灵隐岛上，任何游客都必须借助度假村的轮渡过去，像护城河似的。

安明收拾东西，准备待客。

说要让安明"破案"，也绝非妄言。安明虽为记者，却是警官学院高才生。但这并不是最主要的，主要的是她智商极高，看透一切，虽说年龄不大——你很难说她是青春女子还是成熟女性——但似乎已经深谙世事。透析人情，而且遇事不理会则已，一理会则投入……然而唯其如此，是她的不幸，应了古训"女子无才便是德"，所以她只有短暂婚史——结婚不到半年的丈夫分手时说："亲爱的，你什么都好，但男人同你在一起时，像低低放在显微镜下，又像高高捧上检阅台，什么都瞒不了你，男人怎么活呢？"安明笑一笑说："你是正常的，你走吧。"

三空领着来访的柳眉进来了。乍一见，安明差点惊呼"真乃天人也"。柳眉容貌柔美，身姿袅娜，女儿气十足，明媚之中几分羞涩的朦胧……安明确信这是男人最为欣赏最能放胆去爱的类型，所谓小鸟依人。

三空对柳眉说："这就是你崇拜的大记者安明小姐。"

三空对除他母亲以外的所有女人都称小姐。这个人对当代女性成见已深，说她们"只懂交换不懂爱"。他很不年轻了，但不结婚。别人问他，他便尖刻地说："大智若愚，大婚不娶。"言下之意，这样反可得到许多女人。但安明也明白，他每月只千把块钱收入，出色的女孩看不上他，平庸的女孩他看不上；工薪族中这种老大不小的男子已成了一个阶层。这个阶层对三

妻四妾养小蜜的大款的情绪已可称为阶级仇恨了。

三空待柳眉坐定，便告辞了。柳眉怔怔地仰头看看天，慌乱地说："我见不得下雨！我们进屋去吧！"

安明立刻明白过来。五灵湖惨祸，跟一连几天大雨有关……这一瞬她窥出柳眉是那种典型的没有底气的美女。有一种女子，自小便知道自己的姿色，心思都在这上头，终于成了一个内里空空的花架子，人人见了都艳羡，自己却并无好结果。

柳眉讲了有哪些人都给她推荐了安明，都说安明破案神奇，帮助女性尤其不遗余力。然后她明明白白地说："我请你替我找到一个叫周沧海的男子，这是酬金。"她将一个信封放到茶几上，"能不能找到都请收下。"

安明未置可否。她感到这女子在外面已经一切谙熟，而且她的娇弱得小鸟依人也是一种……练习的结果。做这种女子的丈夫，是悲哀的，甚或是危险的。她们比悍妇厉害。

柳眉的看法是，周沧海设计骗了她，害死了她丈夫汪丁。"他安这个心已经很久了。"她说。

9月27日，连下四天的大雨停了，中秋的阳光普照大地，人们似从蛰伏中苏醒，恰逢周末，纷纷外出活动。

汪丁、柳眉夫妇一早就来到五灵湖，他们要在这里玩两天。

五灵湖虽地处近郊，但属高档度假村，所以游人素来不多。然而一旦去了，彼此都知道是有实力或者有来头的，所以各个克制，友好相待。俨然一种西方式的富人圈子，文明社会。

汪、柳夫妇既非大款，也非公款族，斗胆前来高消费两天，是有人替他俩出钱，这人就是周沧海。

"他是我的好朋友。"柳眉如此淡淡地说明了她与周沧海的关系。她很巧妙地在"朋友"前加上一个"好"字，这样一切反而显得坦荡无鬼了——安明想"是他主动邀请的。"

但周沧海自始至终没有露面。"上了龙隐岛后自然有人来招呼你。"周沧海说，"你只需要到总服务台去报一下你的 BP 机号码就得了。"

"周沧海认不认识汪丁？"安明问。

"不认识。"安明用心记下这个细节：周沧海的这次邀请有悖常情。按理他应该偕妻子或女友作陪。安明而且料定柳眉与周沧海有染。

汪丁不会有什么怀疑。譬如柳眉只需说我最近帮了一个朋友的忙，他感谢我，请我们夫妻旅游一次。邀你夫妻同来，还有风月之嫌？

上岛一小会儿，柳眉的手机响了，是周沧海打来的，建议他们略作游览后去钓鱼。岛上渔具鱼饵一应俱全。"钓起的鱼无偿属于游客，还有人专门给你养起，你走时给你灌水充氧袋，让你带回家还是活的。"

他还建议两人去瓢儿凼下钩。那里鱼多，无风，景色也好。柳眉说："好吧。"这时周沧海开玩笑说："不要摔到水里去了！给你一个口诀：成了落水狗，看着月亮游。"

"去你的吧！"柳眉笑道，并未放心上。

于是有侍应生划了小船，备好午餐，送两人去瓢儿凼垂钓。

汪丁本来就很会钓鱼，加上一切得天独厚，一共钓有十多斤。有几尾湖鲤，金甲红唇，煞是漂亮，汪丁很感慨地说："难怪人们说谨防红嘴鲤鱼。"路边旅店的"失足"女子被称为红嘴鲤鱼。

这中间周沧海打过几次电话以示关心。傍晚收竿那次，他问："掉水里没有？常在水边走，哪能不湿脚！记住嘛，成了落水狗，看着月亮游。"

对这种明显的玩笑话，柳眉只是回敬："去你的，没安好心！"依然没放在心上。

接下来他问两人晚上怎么玩。

卡拉 OK 厅，早没意思了；打麻将人不够，真还不知如何打发漫漫长夜。周沧海说："那我建议你们划条小船进湖，今天中秋节，湖心赏月，饮夜酒；还可以到兴隆湾看渔火和夜渔。"

所谓渔火，是附近农民夜里钓鱼时安放的油灯，星星点点，偶或成串，也是一景。而夜渔只在周末或游客多时进行，算一个助兴的节目，由数只叫"双飞燕"的小船，拉起拦河短网，敲船帮，将鱼儿吓到网上去，灯笼火把吆喝渔歌，十分热闹有趣。

周沧海如此这般一说，两口子都乐意极了。

他在那一头还叮咛，要注意安全，最好穿上救生衣，"度假村有准备，免费使用。成了落水狗，看着月亮游。"他笑嘻嘻地说。

入夜以后，夫妻二人划船进湖，在湖心歇了桨，于船上对斟对酌。

两人结婚已快三年，还是第一次月夜对饮，不禁都有些感慨……柳眉突然流出眼泪，映着月华，惹得丈夫心酸，两人大大地干了一杯。

汪丁与柳眉是财政学校的同学，后又一起分到一所技校工作，很顺利地结了婚。

汪丁脾气很好，虽不谙家务，一切却能将就；柳眉性格外向，凡事挑剔，但勤快，有主见，所以两人很能互补与协调。

若是以往年代，接下来就该养孩子，评职称，调住房，平平静静按部就班……然而当代人的心已有了很本质的，说不清是还是非的变化。

起先，柳眉怀孕以后，擅自去做掉了。本来这次怀孕，是两人商定的——甚至买了一本叫《生命周期与优生优育》的小册子，严格计算以后方同床受孕，以确保在仲春产下甲级男婴……柳眉说："现在不能生孩子，应该趁年轻多找些钱，否则既受穷，又让人看不起，这一辈子也太不划算了。"

这个大概算现今年轻家庭的普遍观念了。触发柳眉幡然更新的，可能是老同学佳佳。佳佳与当年的校花柳眉相比，不及她漂亮，不及她性感，更不及她有才情；但佳佳有主见，稳得起，以一大龄姑娘之身嫁了一离异大款。其他不说了，郊外有别墅，行动有私车……那次偶然来访，送给老同学的见面礼是从香港捎回的鹿皮短筒靴，小小标签上印着港币 3200 元。柳眉一瞬间感到了自己是"旧社会可怜的小公务员"。

佳佳的这次造访，对汪丁同样有很大触动。其实他本人对目前清贫的宁静生活尚属满意，但一来他已明显感到柳眉近来越来越容易焦躁的深层次原因，二来耳闻目睹多少事，也让他明白"家中无钱难留美妻"的现实。金钱在向他挑战，他接受这个挑战。

汪丁决然地办了停薪留职。他揣上积蓄，又向亲友借贷，带着莫斯科保卫战般的悲壮，孤注一掷，出发找钱。

他先南下广州、厦门，很快发现沿海不是他待的地方，他这点资本在那里不够吃方便面，他回到内地。

他回来后看到了妻子腰间别了一个 BP 机。这个火柴盒大小的玩意儿并值不了几个钱，而且柳眉的解释也有道理："完全没有通讯工具难以适应现代社会。"他还是感到了她对生活有了今非昔比的理解。

汪丁脾气虽好，心里明亮。他决定不再远行。他积极运作，先后办过好几种公司，虽有了"生产的不如流通的，流通的不如空手道"这样放之四海而皆准的体会，但成功却似乎离他越来越远。

这期间柳眉进了一家什么开发公司当兼职会计，家里的经济明显改观。柳眉有了一部手机——从寻呼机到移动电话的飞

跃已经完成，汪丁默默地想着——她说是"老板给重要干部配备的"。每月电话费好几百元，也是老板出。

柳眉待在家里的时候少多了。当然，由于她的公职还在，跑公司多在下班后，但汪丁还是明白事情不是那么单纯。

有一次汪丁有急事，呼柳眉。柳眉回电话说："这会儿回不来，老板在请客。""在哪儿请客？""富安。"

"富安"商城在市中心，比较远，而且感觉上老板是业务宴请，各方人等一大帮，但汪丁还是鬼使神差地寻了去。

在十一楼里"湘园"海鲜厅，汪丁看见了柳眉。在一张小巧精致的条桌旁她与一中年男子相对而坐。萨克斯管柔情万般地低低响着，烛光将一切染得优雅……原来老板请客只请了一个人。

汪丁的突然降临让柳眉有一点张皇，这可能不大合乎她的性格。幸好汪丁是完全不介意的样子，依然随和地笑着，两边点头——他甚至做好这样的准备——柳眉向老板介绍"这是我的同事"，他也认账。

但柳眉还是说了"这是我先生"。老板却并无特别的反应，似乎在他看来这也无所谓，可能所有的男子本来就是先生，而谁是谁的先生本来都是暂时的。

所以老板并不示意汪丁坐到柳眉身旁。他让服务小姐在端头添了把椅子，三人坐成三角。

这一个很小的细节让汪丁透彻地感到了财大气粗。

他后来办公司虽然得不偿失但百折不挠，是基于这种想法：只要他还在运作，柳眉就会怀着希望。

突然来了一个机会，在他母亲居处附近，办起了一家台资食品公司，据悉投资 400 万人民币，在小手小脚稳扎稳打的台资中很是不小了。而且这公司的名称与他的姓名简直有天意般

的联系：鼎旺。

汪丁停掉自己那成不了气候的公司，进"鼎旺"去打工。当打工仔当然不是目的，他对妻子说："我要让台湾老板在这里生活不惯。他回台湾后，这个公司就是我的了。跑得了和尚跑不了庙嘛！"

然而事实上难以遂意。台湾老板在本地聘了一位助理，大家恭敬地称为何小姐的，竟是一位精明强干的女强人，大学毕业生，在深圳成功地创办过自己的公司，后因国家政策的改变回到了内地。

汪丁不解的是，何小姐何以对老板那么忠诚？起初他以为她是骗取信任，以后好弄走这台湾胖子的公司。那么，他可以同她联合起来，但慢慢地他发现不是这么回事……

"她是不是给老板当情妇噢？"柳眉笑着问。

"不大像。"汪丁肯定地摇摇头。而且对于妻子如此轻率的联想有些不快。他突然想起一句书上的话：人总是在批判别人的同时表现了自己。

清风起，夜渐深，两人都有了酒意。四周的静寂让汪丁想起了夜渔。"咦，怎么听不见打鱼的响动？"

遍寻渔火，也不见——这才发现湖上起了浓雾，将这小船与世隔绝似的，而且明确地感到了船速。船自己在游走，似乎已走出很远了。

迷失了方向。该怎样往回划也不知道了。度假村的大酒楼上本来是彩灯闪耀的，但雾大，看不见。

柳眉想起了周沧海，她拨通了他的手机。

听说湖心迷路，周沧海笑起来，说"太浪漫了！就在湖上过一夜吧，一生能有几回醉！"

"冷起来了。"

"那么，两个方案。一个，这种雾来得快去得快，你们就在湖里等一等。二呢，你抬头往高处看，四面看，看到了什么？"

"看到一个月亮。"

"能不能看到一排探照灯？"

"……嗯，看到了，不大亮，但像探照灯。"

"你们就向着探照灯划。到了岸边你们喊几声，有人来接你们的。岸上有度假村的一个住宿点，他们可以送你们回去。"

柳眉关了手机，对汪丁说往探照灯划，她没那个耐心静等雾散。

感觉上划过了几座小岛，突然就听见一种响声，低沉而浩大，既像天上来，又像地心起。莫非有大船来了？又没有。

又过了一阵，渐渐听出是水声。湖里怎么会有流水声，这时汪丁嘀咕了一句"好像是大坝"。

即使是大坝，也只想到水在泄水孔里流，没想到是从坝上漫淌跌下十丈长岩……等发现这一点，已经晚了——小船飞快地滑向悬岩，柳眉本能地跳了水。

她下水后，突然想起周沧海给她的口诀："成了落水狗，看着月亮游"。月亮已斜在左边，她往左游，不一会儿就上了岸。

天亮以后，人们在大坝下面的乱石堆里找到了汪丁的尸体。救生衣还在身上，脑袋已经稀烂。那只玻璃钢的小船倒完好无损。

警方经过种种调查，只能认定是事故。

那么度假村就有责任了：湖水既已漫过坝面，为什么没有防范措施？

老板叫苦不迭，说湖水从来没上过坝面。但有个老农说1981年（大水灾那年）上过。这次虽然漫上了坝，人们照样淌着水来去，也看不出有什么危险。

然而人可以走过，船却不行——这种小船只要有半尺水，就能漂起来。

现在的问题是，汪丁的父亲兄弟对柳眉不够友好，很简单，你夫死，你生还。

汪丁的弟弟问："为什么往那个方向划？"

柳眉说："白天就听人说探照灯那方向有度假村一个住宿点，想到那里请求帮助。"

柳眉没有说是打电话问来的。"我怕这么一说，倒让别人疑心，弄得更复杂了。"——她对安明是这样解释的。

柳眉自己奇怪的是，"我们赏月喝酒的地方，离灵隐岛不远的，怎么鬼使神差一下子到那么远去了？"

安明明白，风。是风和雾造成了一切。她还有一个重要推测，周沧海知道风向，也知道要起雾——如此大面积的环山湖泊，是会有特殊的小气候的。这一会儿安明突然想起了诸葛亮的草船借箭和借东风，但她一声不吭。

汪丁的尸体运了回来。责任基本挂在度假村一方——人家是游客嘛。柳眉偷空子同周沧海联系，打手机没开，打寻呼不回。

尸体火化以后，柳眉去周沧海住处，没人。到处打听无结果，周沧海杳如黄鹤。

柳眉认为，周沧海是想害死她。但她会游泳而汪丁不会，结果成了这样。

"他为什么要害死你？"安明问。对方不语，"你既要我替你弄清真相，就必须毫无保留。而且，你应该相信我能严守秘密。"

"我相信，"柳眉忙不迭地说，"这方面你的信誉非常好，所以我才来找你。"略停，她无奈地叹了口气。

南洋巨子　传统儒生

柳眉是在夜总会里认识周沧海的。有不少妇女刊物惊呼着告诫它的庇护对象，"歌舞厅里无爱人"，或"夜总会里无真情"云云。柳眉是喜读妇女刊物的，但对这一类紧张的呐喊一笑了之，她比它们先知道。况且她本来无意在那种场合寻找这些个。她去那种地方，除了场面上的应酬，除了调剂一下生活的单调，顶多只是——结识人。结识而已。

结识何种人？一，有钱的人；二，有趣的人。而且她也不像有些靓女，如饥似渴，专心致志。真实地说，她还是很爱丈夫汪丁的。很简单，汪丁目前虽不富有，但终身可托。毋庸讳言，这是目前中国女性的第一心机。舆论总是不厌其烦地教导女人们"自强自立"，但柳眉心里明白这谈何容易？

柳眉常去"珊瑚"夜总会，这是她目前兼职公司老板的一个"点"，级别很高。老板自己喜欢她的陪伴，她去应酬对方也很"拿得出手"。如此而已。

那天晚上，独坐一厢"卡座"的周沧海引起了她的注意。这个男人将一只高级手机侧放在茶几上，慢慢呷着"人头马"，满身名牌，头发锃亮——这一切跟所有的真假大款毫无二致；离去时他自己开着银灰色的"宝马"，这个也不稀奇。

但这个独坐的男子高大英俊，而且气度不凡；他身材修长瘦削，不似其他真假大款那样故作营养过剩的发福状，甚至故意暴露"款肚"；他点歌独唱，老歌老唱法，新歌新唱法，全部很漂亮，每次都迎来由衷的而不是例行的掌声；他的普通话比中央电视台的还标准。他不说："谢谢大家"，而说"各位助兴，我很高兴"，其声明净而深沉，真是"说的比别人唱的还好听"。

柳眉最为惊讶的是，他始终"独善其身"——任何小姐傍不拢。

每一个夜总会里都有几个这样的女子——有一种轻型越野车叫"城市猎人",有一篇文章称这一类女子"才是真正的城市猎人,他们以大款为猎物"——她们大都已婚,有的已离异甚至孩子已上小学,有的正同先生平静地过着,一俟有了新"主儿"才去离婚,香港《镜报》有标题云《上海女性时尚:先找主儿,后离婚》,……一般年纪已不太小,但打扮起来还有青春,最后一抹青春……她们的目光敏锐如鹰隼,是否真的有钱,舍不舍得为女人花钱,这时候去近得近不得,判断十分准确。

柳眉一边同自己的老板跳舞,一边用一只眼睛斜挂着这位独坐的美男子,耳朵也竖起来。她坚信这位先生是故作姿态,诱人上钩,但她错了。

她眼见有一个女子,绝不是坐台小姐翩翩而至,开朗地笑着,大方地问"先生,我可不可以坐在您旁边?"

柳眉看得出他是不愿意的,且听他怎样回答。须知拒绝小姐是一门了得的艺术。

这男子友好地笑着说:"可以呀!但请先猜我一个谜语。"

"好。什么谜语?"

"说它圆,不太圆,说它像蛋不是蛋,说它没有它又有——成千上万连成串。这是什么?"

小姐想了一阵,想不出,但她很聪明,说:"您等等,我去找一个能猜出的。"遂一去不再来。

又一次,也是类似情形,男子出的谜语是"刘邦笑,刘备哭——打一字"。

这位小姐自然也答不出,但她有另一种狡猾,说:"太深了。夜总会的谜语用不着这么深。"

男子说:"那你打一个浅的我听听。"

小姐却急忙之间想不起来，就说："其实夜总会里用不着猜谜语。"悻悻离去。

只有一次，这男子算比较粗鲁地拒绝了。他说"对不起，我在等人"。

柳眉想这个夜总会的小姐肯定已无人敢于上前了；而且她们还在议论他。这个神秘的男子，他夜夜独坐于此，他要干什么？

又猜想，他有家难归，这对于大款已是见惯不惊，恐怕同情人也是闹翻了……正这样想，突然大吃一惊，这个男子正站在她面前，略略欠身，优雅地伸出一支胳膊，邀请她跳舞呢！

她有些怕他，他捉摸不透，而且自己"有主儿"的老板可能不高兴，但她身不由己地起来，贴住了他，第一次有着了魔的感觉。

他的手一搂住她的腰，一股强大的电流灌遍全身——从脚心起，直达天灵盖，全身像泡在温泉里……曲子是熟悉的情歌《草原之夜》，那种节奏与旋律，以及虽无人唱出但尽人皆知的内容，让柳眉产生前所未有的喜悦与依恋。

她偷眼看老板，却发现他并不在舞厅里……原来这个男子是瞅准了这样一个机会。那么这些天他一直在注意我？她情不自禁地用头贴了他的脸颊一下，她嗅到了他脖子里发出的男人的气息……

为了让他知道她也在注意他，她调皮地问："你能不能猜着我的谜语——说它圆，不太圆，说它像蛋不是蛋，说它没有它又有，成千上万连成串？"

他微微笑着，深深地看了她一眼。他的眼睛很好看，在迷幻般的彩灯光影中这瞳仁满是深情。他故作思索状，然后无奈似的说："我可能一生也猜不出，请小姐告诉我。"

她很得意地说："我说了等于零，还是先生猜啊！"两人一齐轻轻一笑，相视一瞬。谜底就是0。这其实是柳眉在家中问汪丁，汪丁猜出的。当时汪丁还说："这是我们的专业嘛！"

柳眉又说："再给先生打一字：刘备哭，刘邦笑。"

男子没有回答，只是将她搂紧了一些。柳眉又扫了一眼四周，老板没有回来……而且她突然又想横了似的，"我又没卖给谁。我永远是我自己的。"她将下腭搁在了他宽阔的肩头上。后来，两人已经好上了，有一次外出吃饭，柳眉将不知从哪里拾来的一支白色羽毛插在他衣兜上。这就是那个谜语：羽——项羽死了刘邦笑，关羽死了刘备哭。柳眉其实只猜对了一半——这次的确是她自己猜的——另一半是"卒"，即死的意思，故谜底当为翠。但他永远也没说破。不知这是不是一种预示，柳眉虽然聪明，却永远只知一半，而且是比较皮相的那一半。

"你为什么总是一个人坐着，也不同人说说话？"柳眉问。她指那些被他拒绝的小姐们。

"话要说给会听的，"他平静地说，"否则就是废话。说废话心累。"

"你不让人家接近，怎么知道会不会听？"

"活到这分上，这种直觉还是有的。而且……"

"而且什么？"她很快活地问。

"而且，我不习惯被小姐……进攻，我自己欣赏的，自己去进攻。"他望着远处坚定地说。

她咬咬嘴唇，微微将头扭开，没有再说话。他也没再说话。

舞毕，他给了她一张名片。从质地看，这名片比较普通，舞池灯光也暗，她没细看。

回到家里，她看那名片，吓了一跳，这个名叫周沧海的男人，竟是新加坡万隆实业总公司的总经理，在本地的住处竟是首屈一指的太平山庄。

太平山庄是个别墅群，里面住的大款各国都有。同学佳佳就是特意去山庄当职员，得以接近大款，认识了现在的丈夫的。这个山庄的别墅只售出，不出租，因此没有万贯家财，不可能住在里面。

她呼吸急促，心跳厉害，她感到命运在给她机会。

她猜想他来本地是投资的，所以没有家眷同来；这种人绝不会真正甘于寂寞；但目前很可能还没有女人，至少没有固定的女人。

次日，她去做了一次美容，精心打扮一番，向丈夫撒了一个谎，向老板撒了另一个谎，独自去了"珊瑚"夜总会。

然而周沧海没有来。

第二天也没来。她想给他打电话，又感到太急了些，有点……掉价。

她有些宿命地想，世上事就是这样，你精心准备了，没戏，你随便无意地闯，反可能成了。于是过了两三天，她邀了一个女同事，像有急事找人一样闯了去——他还是不在。

她要了一杯咖啡，坐在迷离的光影里笑起来。她想这是个假角儿，装模作样不同凡响，其实根本不敢兑现……她抓起手机，玩儿似的按他的名片拨了他的手机号。

通了。他说："周沧海。请问哪位？"这一下子倒有点像港台及南洋华人风范——她无端地感到。

"我是猜谜语的柳小姐，"她满不在乎地说，"周先生您在哪里呢？"

"我在寓所，啊，就是名片上标明的……"

"真的！不可能吧？"她嘻嘻笑着，"一个大男人，黄金时间缩在屋里修身养性？不介意的话，我打你的座机啦？"

"好。欢迎检查，"那一头兴致很高似的，"我关手机啦。谢谢。"

她拨他的座机号。一拨就通，接电话的的确是他。"大陆的女孩子，经常用这个方法检查男朋友吗？"他很开心似的问。

她咯咯地笑起来，突然感到自己的粗鲁。"周先生这几天没去夜总会了？"

"没有。有几位生意上的朋友，向我索字，白天没空，晚上就在家里写字啦。应酬嘛。"

"家里还有什么人呢？"柳眉忍不住问道。

"就我一个人。"

"不可能吧？"

"柳小姐如有雅兴，请来指正好了……是你打车来，还是我来接呀？"

"我打车来吧，"她决意去看个究竟。一个大款，待在屋里写字！而且，她事实上没有认真接近过有级别的大款。但她还是多了个心眼，就说："我同一个朋友在一块儿的。"

"请一起来吧。"对方十分爽快。

就这样去到了太平山庄，周沧海住的七号楼。他给两位女客煮了咖啡。

柳眉环顾一番，问："一个人住这么一个小楼，用得着吗？"

周沧海却说："这比在大饭店租一套便宜呀！再说，以后如果离开此地，还可以转卖掉。"

话说得这样实在，柳眉想越是真大款越不讲大话，她心里突感踏实。

周沧海的确在写字，已写了很不少，满厅铺着。他说："很久没写，手生了，要练笔。这里面还没有一张可以拿出手的。"

柳眉看近旁的一张，"风暖鸟声碎，日高华影重"。女同事问："华影重是什么意思？"

周沧海说："应该读花影——太阳高了，花草的影子互相重

叠。"

柳眉说："你可不可以当众挥毫，写给我们看看？"

周沧海说："可以。"铺开宣纸，略一思索，草书："十年磨一剑／霜刃未曾试／今日把示君／谁有不平事"。落款：贾岛五绝剑客。

柳眉真心赞道："又潇洒，又有力。"她知道贾岛是唐代诗人，那么这是一首唐诗了。她只是觉得有点……说不清的感觉。怎么选了这么一首杀气腾腾的？一个那么大公司的总经理，什么不平让他耿耿于怀？

告辞的时候，女同事向周沧海索要名片。柳眉感到了她的用心，后悔不该捎上她来。

这样，为避免女同事抢先，她的动作加快了。次日即邀周沧海到海棠楼喝茶。

周沧海欣然应邀。喝茶时一五一十讲了自己的情形。

他说自己其实就出生在此地。后因家庭原因，先到香港，后定居新加坡。他大学毕业后即进入商界，拼搏十多年，遂有今天。

结过婚，已离异，有一个女儿归了妻子。

"周先生是很受女孩子喜欢的人，嫂夫人不会舍下你的，一定是你在外不规矩，做了对不起她的事吧？"柳眉调皮地打趣道。

"不是这样的。"周沧海正色道，"在南洋各国，男人的价值首先体现在经济实力上，外表、风度，还有学识什么的，并不被真正看重。交交朋友，玩一玩是可以的，真正要托付终生，就要另外考虑了。"

"这是可以理解的。"

"是的。我结婚太早了点，那时我只是公司一名小职员，而且看不到什么发展迹象……在女儿3岁时，妻子——她也是大陆去的——好像突然醒来一样，感到了婚姻的委屈……这样就不大好相处了。离婚以后，她嫁了一个美籍华人，已定居美国……从生存竞争的角度看，她也没有什么错啊。"

"你倒是很豁达！"柳眉说。她想着自己的婚姻，平心而论，汪丁人还是可以的，但只怕等他以后事业有成，自己也老了，那时候该他去同青春靓女偷情贪欢，被冷落的自己则整日提心吊胆地到处搜寻蛛丝马迹，越来越讨人嫌……她叹口气，感到自己醒悟太晚，不由说道："其实男人还是应该事业有成以后再结婚。"

"是的。南洋各国的情形正是这样。一般男子都是到了30多岁才安家。这以前也交女朋友，也有男女事，但不结婚。"

"周先生现在事业有成，又正当年，追求你的女孩子很多吧？"柳眉又打趣，"不急于结婚，行动好自由，对不对？"

"不是这样。"周沧海认真地说，"有了合适的，一定结婚。家的感觉，是其他种种不能代替的。但是姻缘姻缘，有缘才有姻。过去我不信此说，现在信了。所以说，人生伴侣，也是可遇不可求啊！"说得非常感慨。

一时两人都没说话。柳眉拿起紫砂壶给周沧海倒茶，又给他夹上一块莲茸丸子。窗外，不知哪只笼子里的画眉突然很清润地叫了起来。

柳眉问道："你常到'珊瑚'夜总会去？"

"是的。但你知道这是为什么？我就是出生在那块地方的呀！只不过老房子已经拆掉了！"

"是这么回事啊！"柳眉恍然大悟，突然感到这个一点不老的人其实相当传统。他居然还这般地怀旧。一种既放心又亲切的感觉油然而生。"那些小姐约你，接近你，你为什么拒绝？你从南洋来，还这么绅士？"

"其实南洋那边的小姐，反而不这样做。所以，我还有点害怕，不知道会出现什么。"

"那你为什么敢来邀我跳舞？"

"这个……"周沧海怔怔出神，寻找回答。一个大男人被问住了的样子让柳眉心动。"这，我真还说不清楚，"他有些尴尬地笑起来，"世上也不是什么事都能说出原因的。"

柳眉微笑着低下了头。周沧海的答案里，让她看到一种东西，缘分。有缘千里来相会，无缘对面不相识……她的眼眶竟有些湿润，为了掩饰，她又打趣道："这么说你真是钻了我们老板出去的空子？"

周沧海朗声笑起来，连画眉都歇了声。

柳眉去付账时，周沧海并不阻拦，分手时，他送了她一件小礼物，一条宝石项链。当她打开那个缎面绒盒时，一点嫩绿映得她两眼放光。周沧海淡淡地说："这是缅玉，又叫翡翠。"

看着"宝马"车后淡淡的白雾消失在夜色中，柳眉突感自己那老板根本不能叫老板。她想辞去现在的兼职。

周沧海似乎看透了她的心思，次日在电话中问她愿不愿意替他操作电脑，"月薪3000元人民币，上班时间可由你灵活掌握。"

她很快活地说："帮周先生的忙啦，提什么月薪！"

"这可不比在海棠楼请我喝茶噢！如果不愿接受薪水，决不好意思相求了。"

"好吧，好吧！"她无奈似的应道。

次日周沧海即将她接到太平山庄。原来电脑房就在他的七号楼里。柳眉摸摸屏幕，又摸摸键盘，突然笑得直不起腰，笑得他莫名其妙。半晌，她止住笑，说："我根本不会用电脑。"

于是周沧海开始教她用电脑。

渐渐地她可以正常操作了。打印的内容，很多都是英文的，她反正是按图索骥，懂不懂也无所谓。

这期间他们时常一起出去吃饭、喝茶，甚至将车停在国道旁，到田野上去漫步。

周沧海送给她的首饰，多是玉饰，开始她很高兴地收下了——她将它们藏到母亲处，不敢让汪丁发现了——但后来她越来越不愿意接受了。她感到自己爱上了他。

周沧海待她既亲切又礼貌，远不似其他那些老板一副色眯眯相，以至有时她怀疑他是否有"正常要求"，继而又怀疑自己不在太平山庄时有另外的女人在他身边……这么一想心里难受得不行。

有一天她在路上听到两个男人在说话。大约是一个劝另一个对某女子不要动真情，说："利令智昏还可救，情令智昏无药医……"

这哲言般的说法让柳眉心头一惊，但她随即明白，现在要让自己离开周沧海，已经很困难了。

甚而至于，即使他的公司倒闭，他只有基本的生活用度，她也愿意同他待在一起。

汪丁同他相比，除了年轻几岁，各方面都差得很远。

但她一直没告诉他自己已经结婚，他也从不过问。有时汪丁打通她的手机，他则有意无意地离得远些。这使她更加感谢他。

慢慢地，有种想法自然产生了：离婚，嫁周沧海。

但是，他条件那么好，会要我吗？

于是决定试探一下。

找了个机会，她满面忧郁地对他说，恐怕要辞去这里的工作，以后也难以常常见到他了。

他惊问缘由。她直告，已嫁人，丈夫近来有觉察。

沉默良久，他说："如果你觉得同我在一起更快活，请同我结婚吧！"

"你这种大老板，会娶我这种穷女子？"

他笑起来，"一个已不缺钱的男人，何必再找富家小姐？"

她想想这倒是个理。"你能同我过多久呢？"她叹口气问道，"你身边是不缺追求者的。"

"我想你也大致看得出我的生活态度，"他认真地说，她想他的确也不像寻花问柳之徒，"何况，无论是中国还是新加坡的法律，我如同你离婚，在财产上是很不利于我的，所以……"

她觉得这也是个理。她温存地靠着他，说："那么让我再想想吧。"她不愿立刻就答应，否则太让他小瞧了。

数天后两人终于议定了结婚。

但柳眉一直感到难以向汪丁开口——他没有任何对不起她的地方。对此，周沧海说不用着急，如实在克服不了心理障碍，可采用"不见面，律师代为解决"的办法。柳眉默许了。

两人分头做准备。

毕竟夫妻一场，周沧海提议，在柳眉离开汪丁之前，让她陪丈夫好好度个假。

于是有了 9 月 27 日的"五灵湖惨祸"。

三种假设

安明和三空议论这事。三空负责案例分析专版，经常研究作案动机，所以他说："这个女的说周沧海设计害死了她丈夫汪丁，动机是什么呢？"

真的，柳眉既已答应离婚，办手续也并不困难，的确没有必要下此毒手。所以，三空认为周沧海之所以躲起来，是听说了惨祸以后,怕担干系。所以他说:"不用理睬她,她有她的幸福。"

安明知道三空对当代美女们的特殊情绪——尤其是那些眼睛盯着富翁的美女们。事实上她并不认为内里毫无疑点,最大的疑点是那个口诀。她问三空:"你能不能解释,为什么周沧海要一连三次提到那句顺口溜:成了落水狗,看着月亮游。"

三空笑起来。原来两人已去五灵湖堤坝看了现场,一看就明白了,落水以后若往左——月亮就在这边——离岸又近,又容易上岸,而且不远处就是公路;若错往右游,则要很远才能上那荆棘丛生的孤岛。

这是救命的口诀。当然也可以被解释成戏言的巧合,但一连三次说出,难免大有深意。

安明说服了三空,两人去到太平山庄。

出示了警官证,在山庄的保安部了解到一个让人吃惊的情况:七号楼的主人叫姚主艮,这里根本没有什么周沧海。

但周沧海明明是住在这里,至少是曾经——就连柳眉,后来也偶尔在此过夜。

太平山庄的保安工作是很出色的,曾有日本住户撰文表扬,《法制与生活》报刊登过。那么,若非房主,怎能进入山庄甚至住宅?

保安解释:第一是认车。"每一号楼都有车,车牌我们都已熟记。太平山庄没有一个无车的住户。"

第二,由于不能干涉住户的私生活,所以只要是"钥匙开门",一般不予询问。"因为,每栋楼的大门门锁,都有数字密码,主人不说出,谁也不能知道。"

立刻同柳眉通话。得知,她既没七号楼的钥匙,更不知七号楼的密码,连周沧海本人的照片也没有。

安明与三空面面相觑。就这样,还嫁他?

只好详细问询周沧海特征，看姚主丳——这个注了册的房主——是否就是周沧海。

山庄方面很勉强地告知了姚主丳的情况：新加坡"万隆"银行在本地开办的"长荣"信用社的总代理。"长荣"社在市内的江宁街。

次日即见到了姚主丳。三空大笑失声：这完全是个土头土脑的小老头，虽然只四十出头，矮、肥、秃顶、口吃……总之男人应有的缺点他占了一多半。

一看而知是很傲慢的大老板，但面对警方，也不能拒绝回答问题。他承认自己是太平山庄七号楼主。

"你是不是每天回那里去住？"三空问。

"不。郊外别墅嘛，作为度假地方，偶尔去住住。市内事多，又常堵车，当然就住在市内啦。"原来他在市里有一套商品房。他是本地人。他也告知了市内商品房的地址。

"那么，"安明问道，"你知不知道七号楼有人住——至少是你不在的时候？"

"不知道。"

"那么，你偶尔去住时，有没有发现有人进去过？"

"没有。没有什么让我怀疑的。"语气冷漠，有一种"我的别墅，你们操什么心"的感觉。

"请问姚老板私人座车是什么牌子？"三空灵机一动。

"请问你指的哪一辆？"对方口气略带嘲讽。

"有没有宝马？"

"有哇。"

安明问："姚老板可不可以带我们回一趟太平山庄？"

姚主丳答应了，他亲自开车。到了七号楼，他掏出钥匙，顺利地开了门，让进二人。

看不出任何异样。安明和三空面面相觑，直道有鬼。

问门卫，七号楼的车牌，确认就是这一辆。

那么是不是同一人在开车？

门卫说："因车玻璃的缘故，从外看不大清楚。我们也没权利去管人家开车的人。"

更有甚者，安明打电话让柳眉飞速赶来辨认。车是那辆车，楼是那座楼，室内一切她也相当熟悉，但她从没有见过姚主臸其人。面对这一切她吓得面无人色。

问姚主臸认不认识周沧海，他说连名字也没听说过。然后他说对不起，社里事多，驾了车，满脸不耐烦地扬长而去。

三空偷眼看着柳眉，对安明附耳提出一个假设，要么，这一切都是柳眉编造的，"她会游泳，跳水生还，丈夫摔死了，她无法面对丈夫家人。"要么，这次惨祸给她刺激太大，她实际上已经精神失常，这一切都是臆想。

这假设也非毫无道理，但"会游泳"三字让安明脑子里电光一闪。她问柳眉："周沧海知不知道汪丁不会游泳？"

"知道。"柳眉肯定地说。而且，柳眉会游泳，还是周沧海教的。

在太平山庄的游泳池里，他问柳眉："你先生没教你游泳？"柳眉说他自己都不会呢。"夏天在洋河水库泡澡，他还得租上一个大大的轮胎。"

周沧海说："我来教你吧。"然后说起新加坡的海滩。言下之意，在那里生活若不会游泳，简直是不正常的。

所以柳眉学得很努力，后来还同周沧海一起横渡过乌江。周沧海称赞她很有天赋。

柳眉走后，安明说："周沧海会不会教会了柳眉游泳，又安排了那次度假，从而造成一人生还一人死去？"

三空笑着说："你这个说法，我给定个概念，叫'安明假设'，

好不好？但我觉得，乐于教人游泳的男人多的是。"

"但我总觉得，周沧海所做的一切，拆开来看，每一环节都好解释，但整体地看，却让人感到别有用心。"安明说，"今晚我做东，把老板和大叔也请来吃小海鲜，商量一下这事。"

老板姓欧阳，40岁，面目冷峻，内心豁达。他的父亲是国内有名的安全专家，资深警官，曾在破获某大案时立下大功。子承父业，所以欧阳进了警校。但此生热爱的是文学，警校成了警官大学后，外国文学研究生的他成了大学语文教师，常常在课堂上讲柯南·道尔、克里斯蒂和松本清张（日本推理小说家）。为此常常受到刑侦系教官的嘲笑，称他教授的是"文学破案法"或"想象破案法"——破案最忌滥用想象。公安系统办起这张《法制与生活》报后，欧阳便来到报社。

大叔是退休警官。他同欧阳做派相反，笑口常开，外松内紧——实话说，他负责行政，不这样"笑面虎"（三空语）也不行。他很喜欢年轻人，常说："我是占年轻人的便宜，汲取你们的朝气。"他最大的愿望是能一直工作下去，"在我寿限到时倒地猝死"。他有两句口头禅："工作是最好的生活"和"长寿易得，善终难求"。

欧阳很尊敬大叔，也很理解他，所以嘴上不说，暗中相助，尽量留下他。偶有人问："咦，你们这里还有个老头！"欧阳就淡淡地说"他老乡，是个中年人"。

四个人在"飞天"小海鲜厅雅间边吃边议论。三空是"柳眉有鬼论"，而安明是"周沧海阴谋论"，争论不下。

大叔说："如果在六七十年代，我会同意三空。那时的人，作案破案都比较低级，像周沧海这种时间长又复杂又高级的运作，难以想象。但现在，一切都高级化了，所以周沧海耍阴谋的可能性也存在。"

欧阳慢慢地剥着白灼大虾，海鲜中他只吃这一种，其他各色种种都被视为"配盘儿"，做样子的。看看冷场了，才说："我们这个单位，是公安系统的报社，是两栖动物，既是警方，又是报界；但同时也是两不像，既无办案机关的权力，又无一般报社的自由。"说了不再开腔。

安明着急了，说："老板你的意思是不管？如果吃了不管，一会儿我不买单。"

欧阳说："我没说不管。我倒想用我们特有的方式来管。我们这个报纸，在群众眼里，有点莫名其妙的法律效力。我想我们即使刊登的小说，也会被理解为警方意向。"

对这话，三空和大叔只有发怔的份儿，安明倒略有所悟，她说："老板，你是不是想……试探一下？"

的确如此。欧阳谈了他的想法。

"五灵湖惨祸"，如果是柳眉有鬼，无外乎杀亲夫外嫁富翁，那么就是她故意将船划向堤坝，那在我们中国，就不是一个报社能够立案侦查取证的了；而且必定有另外的事实存在，公安局刑侦处的兄弟们自然会有事做。

如果是"周沧海阴谋论"，那么有两种情形：

第一，这个新加坡老板是真有其人，那他同柳眉的山盟海誓不论真情还是假意，他都没有必要杀害汪丁。岂但这类大款要人离婚决无问题，他甚至根本用不着这许多麻烦——将柳眉带回新加坡就行了。

那么他的突然杳如黄鹤，最大的可能是怕担干系，不愿牵连进去。他毕竟是域外人士，在此地打官司，于他很不利。他完全可能已回新加坡，委托他人来经办这里的事业。

那么《法制与生活》只好不管。一，管不了了；二，牵涉一个投资环境的舆论影响问题；三，从法律的角度，也无法认

定他有什么罪行。

第二，周沧海是个假角儿，即他并非什么新加坡大老板，就是国内一个什么家伙，那么美人儿柳眉既已上手，他又何必去害人家丈夫，此时三空插话："柳眉不是表示丈夫已有觉察了吗？他想同她再长久一点，岂不……"欧阳说："再长久，就要露馅了，所以此时歇手为高。"安明同意欧阳的分析。

因此，如果周沧海的口诀"成了落水狗，看着月亮游"果是杀夫救妻，那么一切都是直冲汪丁去的，勾引柳眉只是实行消灭汪丁的一个手段。汪丁既死，柳眉遂无用处，周沧海还待在原地干啥？

——以上见解，被三空定为"欧阳假设"。

大叔笑道："难怪人家笑你是文学破案法！也真是太像小说了。"

安明却很激动地说："老板，我的感觉同你是一样的，但你有两点强于我：政策性、逻辑性。文学破案法有什么不好？文学高于生活，不错。但只要具体实行时让生活低于文学不就行了吗？"

大家都笑起来。

如果"欧阳假设"成立，那么汪丁定有仇人。既然柳眉肯定周沧海、汪丁二人素不相识，弄不好周沧海是个吃"血泡饭"的。"吃血泡饭不一定就是刀枪棍棒嘛——这个叫武吃法，那么周沧海这个可以叫文吃法。"欧阳说。

大叔说："如是这样，姚主良就可能是个仇人，周沧海是他的杀手。这样也就可以解释车呀、楼呀这些装神弄鬼的事了。"

众人也觉有理。接下来商定：

一、向外经委调查有无同周沧海情况相符的新加坡投资商，扩大一点，加上港、澳、台。

二、了解汪丁有无仇人，重点查他与姚主艮的关系——为此还必须偷拍下姚主艮的照片。这个活儿交给三空了，不光向柳眉，还应当向汪丁其他亲友了解。

末了老板说："这事没有立案，我们毕竟不是刑侦处，所以一切只能叫采访。"

做东的安明去买单。老板说："开张发票。"安明同三空相视偷偷一笑，饭前三空说："安明你搞假人情，老板不会让你拿半月工资请客的。"安明的鬼精灵在于故意吃高档，让老板心疼她。

向外经委了解的结果，投资外商中，没有同周沧海情况相近的。

柳眉怎么就相信了周沧海？居然没去向外经委查询真伪！三空说："利令智昏，被别墅、汽车弄懵了！"安明叹口气说："后来又加上个情令智昏。"

汪丁有无仇人，柳眉肯定地说："没有。他的脾气很好，豁达、随和，人缘很好的。"

倒是调查到后来时，汪丁的姐夫，一位卫生局的干部若有所思地说："我偶尔听汪丁留职单位的人说，他把台湾老板的一笔贷款把持了。老板的大陆助理，是个年轻小姐，叫他交出来，他据理不交，还揭发这小姐与老板有染，想借此侵吞台商公司……事情究竟怎么样，我并不清楚。你们可以了解一下此事。当然这事是不是同他的死有关系，实在也难说。还有，请千万不要说这些话是我提供的，拜托了——我什么也没说噢，再见。"

"把持了多少钱？"三空问。

"万把块钱。"

"这台商公司的情况呢？"安明问。

"不知道，反正一切不关我的事。"这位姐夫说完，便仓皇

告辞。

与其说是所述内容，还不如说是这位姐夫的态度激起了安明和三空的注意。

汪丁留职的单位，是药剂学校。柳眉也是该校的，至今也在任职。怎么没听她说起这事？

决定先不问她，去学校了解。

先亮出记者证，校方一切推说不知；只好亮出警官证，一位副书记才慌忙来接待。

半年前，即3月的一天，石坪派出所给学校来电话，称，有台商公司的人来派出所报案，说同汪丁有"经济纠纷"，派出所让汪丁走一趟，弄清情况。"当时我说汪丁这个人已停薪留职外出两年多了，我们找不到他。"副书记说，"派出所就说请转告他的家属嘛。再说，他万一在外没有什么发展，还是会回来的，所以也不会完全不理睬学校的。"

副书记自然将这事告知柳眉。"我是悄悄告诉她的。这段时间正在评职称，有些竞争，我还是不愿给她造成影响。但她的反应还是很强烈，认为派出所将事情说到学校来，是有私人因素在起作用。"

但柳眉还是转告了汪丁，因为后来柳眉轻描淡写地对副书记说汪丁到派出所去了，当着台资公司的人讲明了情况，派出所遂不再管，"因为据她讲，汪丁是在为公司员工争取提高待遇。"

安明和三空再掉头问柳眉。柳眉似已将此事遗忘，想了一阵才说有这么一回事，汪丁"捏"住一小笔贷款来同老板谈判。

"有多少钱？"安明问。

"不太清楚。好像几千块吧。"

"同老板谈判了吗？"

"好像是老板拒绝谈判，汪丁就辞了工。"

"那么这笔贷款呢？"

"不知道。好像是由其他员工代表掌握着。"

再无其他内容。放下电话，安明和三空都认为，几千块也罢，万多块也罢，都不足以让人起杀心。

姚主艮那边，大叔负责调查的，打包票说姚主艮同汪丁完全没有关系，两人互不认识。

三空说："算了吧，我已经烦了。该死的已经死了，该活的自会活着。柳小姐不愁嫁不脱，脸蛋和身段就是她的银行。"

次日有个笔会安明要参加，也只好将这事放一放。

寻找假人

这次笔会其实不讨论什么观点，也不要大家交什么创作稿，这是新到此地不久的一个台商请客，请一些编辑记者来他的大酒店吃喝玩乐两天，然后给他在报上吹一吹，是为软广告。现在很流行这一套。

次日早上，下起小雨，雨点泛起荷塘里小巧的涟漪，煞有景致。几个文友便泡了早茶，坐在塘边檐下赏雨，安明也在其中。

大家都是熟的。内中有一作家一诗人，圈内人士称"欢喜冤家"，在一起就愉快而生动地互相诋毁。譬如有一次诗人先发难，说："什么叫作家？就是有作风问题的专家。"作家就说："什么叫诗人？就是以私生子长大成人，其父很有可能是有作风问题的专家。"众人大笑，以为作家占尽上风。岂不料诗人说："诗人是天生的。"话一到了天，也就说绝了，作家也不再进攻，反而捧场说："这就是天赋了。"这一回合，被圈内人士称为"著

批注空间

名的平手"。

此时诗人说："这一会儿俺对古人所云'空庭燕泥'之境，才有了体会。"打破沉寂。

作家说："诗人就是敏感，又有表现欲，所以酸。像林黛玉，也算小诗人了吧，神经衰弱睡不着觉，就说'留得残荷听雨声'。"

诗人说："那又不是林黛玉的——"一齐住了口，望着前面。

安明顺着看去，不觉好笑，心想作家、诗人，还是都见不得女人。

原来对面的回廊上，有一个年轻姑娘在做清洁，她生得面若满月，眉目清朗，黑发挽成一个绣球，体态健美；她弯腰拖着地板，滚圆的双腿越显修长。

众人都注意到了，窃窃私语，纷纷称赞。一个说比时装模特儿的表演更有魅力，一个说这是劳作之美胜过表演之美，此乃"真美胜伪美"……作家突然说："我注意到一个问题，现在有一个景观已经趋于消失，就是美女在干活。"

众人一想可不是，有姿色的已经用不着，甚至不屑于干活儿了。

有人说："这是个村姑！"

众人说："不像不像，而且村姑更——"

终于议论道："这位小姐是不是冲台商来的？"

作家说："如是一般所说的——傍，她又何必自任清洁工？当老板的外室多省事！"

最后众人认定，此女希望通过敬业的踏实，能力加勤勉，一级一级升上去，乃至经理。

一直没有开口的安明突然略带激愤地说："那么她是值得称

道的。就算老板给她的提升与姿色有关，也不必多虑，因为，"她一字一字地说出一句让众人喝彩的话来："因为愿意卖力的，必定不愿意卖身！"

接着有个外贸系统的文友说，港台老板来此地投资，是冲"廉价"而来。"有一种是可以明说的，劳动力；另一种不明说，大家都明白，就是女人。"

于是摇头的摇头，冷笑的冷笑。这位文友说："几乎所有的投资外商，都要招聘女秘书，或者女助理员。"

安明突然一下想起一个在脑海中一直盘桓着，然而尚未成形的女人来，就是何小姐，即由柳眉提及的，汪丁所在那台资食品公司的助理。

当初柳眉讲起这人时，就有弦外之音，即何小姐觊觎台商老板的产业，安明自己的潜意识里也有类似推测。总之，将这女子当作了自己不耻的那类人。

此刻，看着那个干得很投入的清洁小姐，安明觉得自己虽为女人，对女人也有偏见；而且，汪丁既自称"代表公司员工争取提高待遇"，同老板政策的执行人助理员不可能没有正面冲突……居然一直没想到要去食品公司拜访台商及何小姐，完全是重大疏忽。

下午，安明提前退会。次日同三空一起，找到了台资"鼎旺"食品公司。

很顺利地见到了何小姐。第一印象，三空说"冷美人儿"，安明暗忖"女强人"。

何小姐相当年轻，身材好像时装模特儿；披肩的长发松松地扎束了一下，雪白的真丝长袖衬衫扎在黑色的绸裙里，袖口

规整地扣着，这打扮又有些像教师。大眼睛闪着思辨的光芒，挺直的鼻梁有倔强之气，天庭饱满，额有韵泽，也画眉，清纯不妖；也涂唇，不渲染性感……安明无端感到这种人可以去竞选总统；这种人还不怕老，因为她美在气质。

安明和三空称，前来了解外商对本地投资环境的看法。何小姐说："欢迎，这个课题，传媒早就应该研究了。"

安明立刻发现了何小姐的"学者味"——例如她不说"问题"说"课题"，不说"报纸"说"传媒"。

"我们可不可以见见台商詹先生？"三空问，他隐隐听外经委的官员说这位詹先生是晚清及民国的著名工程师詹天佑的后裔。

"詹先生回台湾探亲去了，你们可以看看他的写字间。"

詹先生的玻板下压着一张字幅，毛笔楷书典型的柳体，题头竟是《莫生气》："人生在世一场戏，心怀放开莫生气……"

安明想，越说莫生气的人，其实是最爱生气的。问何小姐："詹先生是不是性情比较急躁？"何小姐说："不是，他相当随和。但这里气人的事情太多，所以有了这个座右铭。是他的亲笔。"

"气人的事太多"，不也说明了一种投资环境吗？于是明白了何小姐让参观一下老板写字间的用意；何小姐果是富有心机的人。

何小姐作为总经理的助理，写字间在隔壁，有门相隔；而这大小两写字间恰成一个小单元，即一道门又可将两间关在一起。安明同三空虽未吭声，但都感到了一种微妙。

据说港、台的老板们都是很讲享受的。一个大男人，孤身待在遥远的异地……

何助理的写字间，比詹总经理的富有情调。毕竟是年轻女人嘛。玻板下有花花绿绿雅致生趣的画片、剪纸什么的，案头有一尊洁白祥和的观音菩萨小瓷像，高约半尺，观音一侧，是一尊小小的铜罗汉——虽是盘腿坐着，却不似其他罗汉袒胸露乳，而且面目清俊有现代人风范……安明不由捧其在手，越看越有兴味。

"这是哪一位呀？"安明笑嘻嘻地问。

"是唐僧吧！唐僧后来不是封了神吗？"三空代为回答。

何小姐说："不是唐僧，唐僧是佛，罗汉是罗汉，佛是佛。"轻轻一笑，略带戏谑地说："用现在的观点看，佛是总理级，菩萨是省长级，罗汉只是市长。"

两个记者都笑起来。安明惊呼："感谢何小姐给我们普及宗教知识。何小姐是信徒吗？"

"宗教并不神秘啊！宗教之所以成了人类文化一个组成部分，是它能沉静人心，安稳精神，劝人向善，提醒良知——这实在是人类自己的理想而已，只是借了宗教形式来宣传罢了。"

何小姐的意思，信徒不信徒，也不在乎外在标榜……安明肃然起敬，同时也想到有的人却是说一套，做一套。

安明放下铜罗汉，开始虚晃一枪地问起投资环境的事。

何小姐的看法是，投资环境，一优一劣，政府方面是好的，"具体地说，市、区外经部门都相当支持，大开方便之门，"但民间则令人头疼，"主要是各方'勒索'。刚才不是在说唐僧吗？詹先生差不多就成了唐僧——唐僧肉！"她举了不少例子，让安明和三空俱生感慨。安明想，我回去后真的要写一篇这方面的文章，至少三千字。

"她怎么没提到汪丁把持贷款呢？"趁何小姐被工人叫出去的档儿，三空问安明。

"咦！我倒把正事忘了！"安明说。

一会儿何小姐进来，安明就问有没有员工将公司的钱据为己有的事。

何小姐说有，举了两例，其中就有汪丁。

"汪丁？"三空故作回忆状，"是不是在五灵湖出了什么事那个汪丁？"

"不清楚。"何小姐淡淡地说，似乎根本不愿谈及这个人。

"报案没有？"

"报了。他有关系，我们奈何不了。"

沉默一阵，安明问："有没有员工闹待遇的问题？"

"有哇。劳资矛盾，是永恒的矛盾嘛！各国都一样。再说，国有企业的员工也闹待遇嘛！"

"会不会是汪丁以把持住贷款为要挟，要老板解决待遇问题？"

"即使是这样，也是违法的。桥归桥，路归路。老板如违背了《劳动法》，可以状告他嘛……何况汪丁哪有这种侠肝义胆。一个小人，随他去吧！"随即转了话题。

安明觉得，最后这四字"随他去吧"，说得非常意味深长似的，而且有一种"天要下雨，娘要嫁人"的宿命以及"善有善报，恶有恶报"的宗教感。她不由将案头的观音像和铜罗汉扫了一眼。

余光所及，让安明突感异样……原来在何小姐玻板一角，压着张白色字条。"十年磨一剑，霜刃未曾试。今日把示君，谁有不平事？"安明总觉得很熟……对了，是唐代贾岛的"剑客"

诗……一下想起，柳眉说她第一次去到周沧海的七号楼时，他在写字，当着她和女同事挥毫草书的，就是这首《剑客》。

安明暗吃一惊，心跳加快。周沧海写给柳眉的，在这里也出现了，那么，周——柳——何，不就成了一个三角关系了吗？

先得落实一下两处的书写是否出自一人之手。安明提出看看车间与库房，何小姐答应了。在起身外出的空隙中，安明将那小纸笺抽出揣好，在参观过程中她溜出去复印了一份。

重回何小姐办公室，安明假装才发现这张纸笺，说："这首《剑客》诗，是何小姐所书吗？飘逸而遒劲，力透纸背，侠气喷薄而又隐忍不发，没有十分的功底与心劲，不能成就如此刚柔兼济的硬笔书法！"

何小姐笑道："安小姐的议论，一听就是行家见识。可惜这小小字幅不是我写的，是我向我的老师索的字。"

"噢——那么你的老师是书法家啰？"

"他没有加入任何书法协会，不知能否被称为书法家，"何小姐说，"他是一位教师。"

"哦，教什么？"

"戏剧理论。"

原来何小姐是西南艺术大学表演系的学生。

"难怪难怪，"三空再次细细打量何小姐，"的确出类拔萃！"

"这位老师还在教书吗？"安明问。

"好像没有了。戏剧不景气，连学生都改行了嘛！"何小姐苦笑，"听说他云游四方，涉足各界，只能他找你，不能你找他。有次偶然碰见他，问他在哪里，回答'只在此山中，云深不知处'。"

那次，何小姐强留老师吃了一顿饭，还让他见了台商詹先生。

临行见了詹先生案头《莫生气》，知了环境艰苦，所以何小姐说老师书法造诣很深，送几个字吧。本是应酬话，老师也就于桌上抓起一支签字笔，随手写了《剑客》，示以道义上的支持而已。原来是这样！安明略略失望。

但是安明和三空还是约见了柳眉，让她看那张复印件。

柳眉惊讶地瞪大了眼睛。"这是周沧海写的字。"她肯定地说。

此时三空突然说："我们能不能看看周沧海送给你的那些首饰？"

柳眉犹豫了一下，答应了。次日她将那些黄黄绿绿的家什拿来，三空一个电话叫来一个珠宝商。结论：全是假的。金是镀合金，翡翠是软塑。

柳眉沮丧得站都站不稳。

送走柳眉，安明用钦敬的口吻问三空："你不是四大皆空了吗？怎么还去想首饰的真伪？"

三空正色道："三空正因为实处不精细，虚处才明白，正所谓大事不糊涂也。我想的是，周沧海如果是个假人，决不会送真东西。倒过来一推理，不也一样吗？"

安明恍然大悟。

向老板和大叔汇报了情况。欧阳说："有趣有趣。也就是说，可能存在着一个假人，在柳眉处叫周沧海，在何小姐处是戏剧教师。"老板不愧见识独到，说出话来非同凡响。"《剑客》也罢，《访隐者不遇》也罢，都是贾岛的诗。"松下问童子，言师采药去。"只在此山中，云深不知处。"贾岛青年入寺为僧，故有"僧推月下门"、"僧敲月下门"之推敲；"最重要的是，贾岛法名'无本'。故而有此一假人。无本人之谓也。"

果然，在西南艺术大学处得知，何小姐的确曾是表演系的学生，但根本没有什么停薪留职的戏剧理论教师，更没有叫周沧海的。

寻找这个假人！

老板欧阳沉吟良久，提出一个新假设，叫"剑客行为"——

周沧海对柳、何二人同写《剑客》诗，用意并不相同，是效力于一人，报复于另一人。"从结果看，当然是报复柳眉了——丈夫死、她陷入困境，周沧海了无踪影，连首饰也是假的。"欧阳说。众人一齐点头。

那么，肯定是效力于何小姐了。所谓戏剧教师，也不过是杀手的文雅假称而已——专在人间制造戏剧效果。那么，何、柳之间必有深仇大恨，绝非汪丁把持万多块钱而已！

鉴于柳眉矢口否认同何小姐有仇——"我根本不认识她"——安明突然想起一个人：汪丁的姐夫，那个悄悄告知汪丁揭发何小姐与台商有染的卫生局干部。

通过卫生局领导做工作，这位姐夫讲了一个重要情况。

去年汪丁姐姐生日，宴请亲友，汪丁送给姐姐的红包竟有五百元。因为知道这位内弟素来并不宽裕，弟媳柳眉又很将钱财当回事，姐夫在席散后悄悄将这钱送还汪丁。

汪丁说："小意思，我最近发了点小财。"

姐夫知道汪丁酒后多话，就起了兴趣，问："发了什么小财。"

汪丁得意地说："我把台湾老板的钱揪了一万多。"（揪，指不合法占有别人钱财。）

姐夫吓了一跳，问："人家不同你打官司吗？"

汪丁更得意地说，他手里握有东西，台湾老板和助理何小

姐开不得口。

据他说，台商来大陆投资，没有守身如玉的，"大陆的女人比台湾的漂亮得多，尤其是长江流域的——詹老板亲口说过。"

而且"鼎旺"公司的财政，实际上掌握在何小姐手里，"我早就留心他们了，终于让我掌握了证据。只要她不开腔，老板也不清楚款子的明细情况。"

言下之意，以证据相要挟，让何小姐默许他不断地从公司揪走款项。

姐夫有些不安，他是有阅历的人，深知不义之财难以久安。但对着舅子，话又不能太重，就说"掌握个分寸，凡事不能太过分"；而且怕自己也牵涉进去，就没问掌握的证据是什么。

但是，好像何小姐并没有买这个账，坚持向汪丁索款，而且提起了诉讼；汪丁也不服输，竟然就将证据捅了出去。

结果，何小姐受到沉重打击；丈夫同她离了婚，还带走了三岁的儿子，何家亲属全都看不起她；更严重的是，那三岁的儿子，违反父令偷偷去看妈妈，半道上失踪了，至今也没找到。

"我的天！"告辞出来，安明和三空相对惊叹。事情果真如此，汪丁简直是伤天害理。

安明想着"鼎旺"公司那男老总同女助理的"套房"，那种装修的确也利于那种苟且之事……不由想到当今中国靓女们的可悲——连何小姐这种看似如此高贵的淑女，也免不了俗，还给下属抓住了把柄。

但，即使有那种苟且的交易，也属道德范围，并未违法，更轮不到汪丁来惩罚，尤其不应遭受这么严重的人生打击。

"当然啰，"老板欧阳用圆珠笔敲敲桌面，"何小姐雇人报复汪丁就在情理之中了。"

大叔还一语道出众人心中的关键——汪丁咎由自取,死得活该;杀手周沧海却并未触犯刑律。

真的,就算"五灵湖惨祸"是他一手制造,这次由电话指引出的死亡,没有任何人该负任何刑事责任。

"这是一次非常高明的谋杀,"大叔抽着长城牌雪茄,发着内行的感慨,"我干刑警几十年,还没见过这么高明的谋杀。"

中国的犯罪正在向高智能、强对抗及政治渗入三个方向发展,这是现代化的伴生物,各国皆然。

沉默。三空打破沉默:"何小姐卖身投靠,汪丁要挟图谋,各个都遭了报应,搁平了!"他主张不管这事。

安明却不同意。"这样一来,柳眉不是冤枉了吗?她失去丈夫,感情被欺骗,汪丁的家人还在威逼她……不找到周沧海,她也可能被无辜毁掉。"

老板也同意继续"寻找假人周沧海"。他的出发点是好奇。"这是个人物,是个文艺型杀手,浪漫杀人法的创始人。我倒想结交此君。"

"怎么找?"三空摊开两手,空空如也,"只在此山中,云深不知处。"

"恰恰是这两句诗,让我猜测这个周沧海就在本市,既周旋于上层,又混迹于市井。"安明说。众人一齐点头。

"所以,"老板像有了什么高招,喜滋滋地说,"他肯定能读到我们的报纸。"

《法制与生活》,是本市发行量最大的日报之一。

欧阳说:"像周沧海这种绝顶高明的人,我们根本无法找到

他，唯一的办法是——"

安明抢上一句："让他来找我们！"

《法制与生活》报登出一则"说法"：度假村如释重负。罹难者自己有因（标题）。

内容是，××以湖景为主的度假村，不久前发生的游客摔死岩下的惨祸，不排除系自杀的可能，因为在死者家中发现绝命书，称自己因为投资大失败，无法偿还所筹借的资金，愧对各位信任自己的亲友，只好以死相报，云云。

这是一则"准消息"，即也可能是真的，也可能是讹传——文章最后有含糊的说明。

问题在于此文一旁，还附有类似新闻评论的感慨，称死者所为一义烈，二短视，即自觉对不起人，知耻，能以死谢信任，这在当今日下之世风中独起一义烈之飙，那些行事不择手段不知人间还有羞耻事的人当睁眼看一看；但这么年轻，来日方长，却匆匆"结论"了，其实将更大的困难与痛苦带给了他人，这种短视行为当引起在市场经济潮中的击水者，注意锻炼自己的心理承受力，云云。

这两篇文章都出自安明之手。当然事先征得有关方面，包括汪丁家属及五灵湖度假村同意。

这两篇一般人读了莫名其妙，事实上又无任何法律效力不负任何法律责任的文章应起到这样的作用：让周沧海读到以后不能接受。

一、汪丁既然是自杀，他就没有起到作用，什么"今日把示君，谁有不平事"只是大话；

二、汪丁本是死有余辜的卑鄙小人，竟然成了义烈之士！

三、这明显是度假村同报社勾结，为推卸责任而制造舆论——这才是更大的不平事。

欧阳说："复仇者最为快意的，是仇人知道了已被报复；最难忍受的是仇人死个不明就里，或者尚未行动时仇人因另外的原因死去——这都等于永远失去了报复的机会。"

次日上午快下班时，有电话找社会新闻的责任编辑安明。听筒里传来略带中原口音的普通话，刚劲而厚重；是质问的语气。

"五灵湖事件，怎么能确定是自杀呢？"

"没有说是五灵湖哇！"

"但是，只要是读过贵报关于那次事件报道的群众，一眼便知所指。"

"那也没有办法！先生既然能说出'群众'一词，显然也是新闻内行啦！文章故意模糊新闻要素，是只想起一个由头的作用，真正的目的在于那篇评论，强调商战的心理承受力。"

"那么，贵报还是认为是自杀啰？"

"是的！"

"有依据吗？"

"有哇！有死者的亲笔绝命书，有关方面鉴定过的。本报还存有复印件呢！"

"我能看看复印件吗？"

"请问先生是什么人？"

"这个并不要紧，我付酬——只看一看，5000 元人民币。是私人行为，钱当面付给小姐您本人。怎么样？"

"这个……"安明故作犹豫，"在哪里看呢？"

"当然不能在报社，这样于你不好。地点和时间都由小姐定

吧。您可以带人，我只一个人。"

"那么，一个小时以后，"安明害怕对方生变，同时，也给他一种等大家下了班，她将复印件偷出来的感觉，"在珊瑚台酒家门口。"

"行。我准时到。我开'宝马'牌小车；我着深灰色西装，橘黄领带；我身高一米八三，是美男子，姓吴。回头见啦！"不由分说挂了电话。

安明一阵发怔。"我是美男子。"有这样做自我介绍的！但安明感到的并非一种夸耀，而是一种自嘲，似乎在当今美男子只是一种特征，本身并无价值……而且感到了一种男人式的，已经玩世不恭的洒脱。

安明立刻报告了老板。四个人紧急商议。

"周沧海上当了！"欧阳强压住兴奋，"谁说文学不能破案？"

"把他控制起来！"大叔说，不停地搓手。

"不行！"三空反对，"即使是周沧海本人，至今也未触犯任何刑律。"

安明说："就由我一个人去，不会有危险。大白天的，时间地点都由我定的嘛！"

当然，安明一个人去，对方少戒心，可以让他多说些话；但老板还是怕有闪失，让三空同另一个女编辑扮作一对，先到珊瑚台酒家坐定。安明多少有点扫兴，但还是同意了。

她去到酒店门口时，周沧海已经站在那里了。果然高大英俊，气度不凡，目光超然，神态沉静——他站得是那么稳当，如同服了定风丹。周遭的男子同他相比，个个显得猥琐。

安明暗暗称赞。"是吴先生吗？"

"是的。安小姐你好！"两人握握手，慢慢走进去，面对面坐下。安明故意挑了离三空很远的座位；为什么这样做，一时还说不清楚。

两人互相打量，电光石火；安明感到对方泰然得很，自己却有点莫名的心虚。

吴先生请安明点了茶。他的风度和做派，的确可以让人信为南洋巨子。安明可以肯定他就是周沧海。

"安小姐很漂亮啊！"吴先生称赞，不等安明道谢，又调侃道："现在凡是比较好的单位，女人都越来越漂亮了。"

"吴先生在哪里做事？"

"就在本市，自由职业者，有点效益的事就做。"这不就是"只在此山中，云深不知处"吗？——安明想。

"家住哪里呢？"

"住酒店。"对方从容答道，"早已离婚。"

话题来得这样突兀，安明一时不知所措；而且一下联想到自己，竟有惺惺惜惺惺之感。"对不起，"她口齿不清地说，"只是寒暄寒暄。"

"如果我猜得不错，安小姐也是离了婚的。"

安明大吃一惊。"不是猜的！是打听了！"

"没有打听。"对方认真地说，"因为没有必要。"

安明想想也是。但这样一来不由产生了浓厚兴趣。"先生是怎么看出来的呢？"

"安小姐形象美丽，气质高贵，所嫁定是出色的男人；但你的性格中有一种东西，让出色的男人在你身边待不长。"

"什么东西？"

"凌驾欲，或者说支配欲，同你亲近的男人都必须服从你，否则你就很别扭。"

安明低下了头。"先生说得不错，"她叹口气，"但是请问你是怎么看出来的？"

"眼神。"

"我的目光很逼人？"

"恰恰相反，很柔和。但这不是温柔之柔，是柔能克刚之柔。是一种并非真正将男人看在眼里，男人最终得听我的那种自信之柔。"

"佩服，佩服。"安明不由自主地频频点头。"这种柔和，还有一种作用，让男人遭受初级阶段的误会。这么说吧，几乎所有的男人在同你交往不深时，都认为你温柔随和，但深交之后才发现原来并非如此。"

安明半晌没有说话。然后她举起酒杯，敬道："吴先生是让我折服的第一人。请干杯。"

干杯之后，安明竟有相见恨晚之感。这倒是一个值得相交的朋友啊！

谈话渐渐轻松。吴先生说："其实仅仅根据眼神，也很难下结论，事实上还是有另外参照的。"譬如他注意到安明所编的那个社会新闻版是有一点女权主义倾向的。

"还有呢，"他说，手指点一点桌面，"像今天这种情形，为了安全，其实应该让先生陪伴前来的。一个女人独自去会陌生男人，多少也能说明些问题。"

安明想这你可没全对，我这个怎能叫独自呢？正在这时就听对方笑着说："虽然丈夫没有来，同事可是来了。"用眼光微微向三空那边一指。

安明一阵慌乱，旋即想到，对于这样一个简直像巫师的人，一切隐瞒都是徒劳的。但是也不想投降似的来承认，只好不置可否地一笑。

"既然是这样，那么复印件也没带来啰？"

安明仍然只有一笑。

"甚而至于，根本就没有所谓绝命书？"对方口气开始严厉。

安明紧张起来。她突然想起欧阳说的这是个绝顶高明的杀手，"浪漫杀人法的创始人"……但我决不能示弱，何况我还是个警官呢！"绝命书是有的，"她强硬地说，"但我们必须先知道你是什么人！"

沉寂了一会。"那好吧，我告诉小姐，"对方一字一字地说道："我是新加坡万隆集团来此地的投资代理人。"

"你是不是叫周沧海？"安明脱口而出，立刻发觉自己失言，不禁涨红了脸。

"安小姐你上当了，"对方轻轻笑起来，"这三个字已经将你们的一切和盘托出。"

安明一时无言以对，竟有些恼羞成怒。这时听对方说，"安小姐请别生气，我相信如果你知道事情真相，你会站在我一边的。而且我预感到我们会成为莫逆之交的。"

"什么真相？"安明从窘困中脱了出来。

"只要贵报答应将这篇文章刊出，我就可以告知全部真相。显然是柳眉为了摆脱困境找到了你，贵报则故意刊登以自杀归结死因的文章，诱使我出现。贵报是聪明的，用了让我感到复仇落空的激将法……"

很明显，他现在只能反过来利用报纸了。

因为这篇文章的题目叫：绝命书原系伪造　死因中恐有仇杀。

内容：本报前日所载《度假村如释重负　罹难者自己有因》有严重失实之处。死者不是自杀，绝命书是仇人伪造的。死者在商务活动中与人结下重仇；根据分析这是一次报复行动；最近有警员说接到电话，称这是一次"自愿打的抱不平"。

安明赞道："文字很漂亮啊！我这里没问题了。我问问老板。"

片刻，安明归座，说："电话问了老板，他同意了。明天见报。请问先生为什么要登出此文？"

"我要让我所珍爱的人知道，我已为她报仇。"

人生难得一知己

三年前，深圳。

近午时分，"乐天"酒楼的老板何小姐招呼员工准备开堂，一个员工低低告诉她，有个大汉在门口徘徊已久，很是可疑。

何小姐出门一看，果有这样一个人，神情疲惫，面带菜色，但衣服整洁，目光沉稳。她立刻明白，饿的。

到深圳来淘金的，很少有人没挨过饿，只要一找不到工作，那种物价，兜里那点钱一晒就干。

何小姐寻思这人像是受过高等教育的——南下的这种人不少，自以为满腹经纶怀揣绝技，来了才知道糊口都危险——而且他的仪表也让她喜欢，怎样接济他一下又不伤他的自尊呢？

"先生有什么事？"她柔声问道。

（批注空间）

"哦，没有事。"对方回答，转身要走。

她想这不等于赶人家走吗？一急，就说："请问先生在哪里做事？"

对方站定，回身坦然答道："没有找到事做。"

"我这里正需要一个虾佬。先生会不会养海鲜？"

"会的。"

就这样，大汉随何小姐进了酒楼。

何小姐立刻叫人给他来一盘炒粉，先充饥。她想的是让他吃两天饱饭恢复一下元气，给点工钱让他走人。她实在也不可能长留他。

这人一连吃了四盘炒粉，至少三天没吃饭了——何小姐想，然后站在何小姐面前，不卑不亢地问道："老板，现在我该做什么？"

这一称呼让何小姐满心欢喜。

原来几乎所有的人见第一面时都叫她"老板娘"。而她最讨厌这么叫，好像深圳只是男人的天下，女人只能是永远的配角；女人如成了功，背后定有暧昧原因……所以即使是在这样一遍又一遍的温文尔雅中她也常常毫不客气地回敬道"我是老板，不是老板的娘"。

但这样一来她倒难住了。这条大汉让她看到一种现今已被许多人漠视的东西——尊严。一个懂得保护别人尊严的人自身也是很要尊严的……她有点明白这人在这里为什么落魄了。

因为刚才说明了是当虾佬的，现在如果胡乱交给一样工作，施舍的性质会立刻显露……末了何小姐硬着头皮说："请跟我去看海鲜池。"

男子将自己的身份证交给了何小姐。这是用工规矩。原来他名叫周沧海，从四川来，籍贯为河北涿县，今年 32 岁。

何小姐心想这人还是我的四川老乡哩，但也不说破；叫来出纳，叫她保管好身份证。

出纳员瞥了一眼身份证，自言自语道："有没有搞错？叫一个北方人来当虾佬。"

原来虾佬并非只管侍弄海虾，还要喂养其他海鲜，得是内行才行；譬如内地的海鲜酒楼，大都须从沿海聘请虾佬，便能说明问题。

何小姐的"乐天"酒楼，因为规模不太大，所以平常都是她自任虾佬。

她将他带到海鲜池旁，看他张罗了几下，便知他也仅是见过别人当虾佬，自己并未干过。她依然不说破，想的是慢慢地教一教他，让他以后也好多一种手段来谋生。

中午那一段忙碌过去以后，何小姐同周沧海聊聊天。这才知道他来深以前在社会科学院工作，负责戏剧理论方面的研究。这种专业，在目前的中国自然是被冷落的了，难怪他守不住，要南下。但不经意地问了他的来路，何小姐倒吃了一惊：他毕业于西南艺术大学。这么说，是自己的校友啰？

她掩饰住激动，淡淡地说："噢，是大学生呢，艺术大学的毕业证是不是也很艺术？我可不可以看一看呢？"她想了想，找到这巧妙的问法。

周沧海说："当然可以。"从背包里翻出那天蓝色的毕业证递上，苦笑着说了一句："我到深圳大半年了，第一次有人要看我的毕业证。"

的确深圳是全国最不重视证件的地方，深圳讲实力。而且许多证件都是假的。但这样一来最无用处的大学毕业证恰恰可能是真的。

何小姐翻开证件，当看到校长顾云飞的签名时，她差一点流下眼泪。就是说，我同他，相隔七届，但我们是同一个校长。

她故作漠然地将毕业证还给了他，然后让他谈了一些当学生时的情况，确认了他的确是自己的校友。

但她决定永不挑明。在深圳行事，如果被情义左右，那是相当危险的。

当天深夜打烊以后，周沧海默默坐在堂厅角落，等待她的安排。员工都睡在楼上的库房里，根本没有男间女间之分；这个，只要在深圳打工几处，也都明白了。就是作为老板的何小姐，也睡在那里，地铺旁拉起一道帘子而已。这也是一道深圳风景，拿给别人看的同自己受的，有天壤之别。但是，想到自己的高年级校友，一个仪表堂堂的大丈夫，也同乡下来的打工仔挤在一起，她心里很不受用，无端想起"虎落平阳被犬欺"来。

她抓起电话，在邻近的低档招待所给他要了个床位。

因为她迄今并未打算久留他。

但其他员工立刻感到了她对这个"北方虾佬"的厚待。

他自己也感觉到了，但他没说什么，顺从似地走了出去。

周沧海上工很卖力。他也明白自己养海鲜其实外行——他只能给何小姐打打下手——但他干其他的活儿，尤其是粗活很主动。

每天何小姐都对自己说"今天该让他走人了"，但一走到他面前，又总是变了主意，"再留一天吧"，就这样一拖竟然就是半个月。

周沧海的脸孔渐渐红润了，瞳仁油浸浸的。何小姐暗忖就

是在俊男靓女成堆的母校艺术大学,这位周兄也算出色的了……
而且他似乎很乐意在这里干下去。他快乐的时候就吹起口哨,
这口哨声令她感动。有一次她说"你的口哨完全可以灌录音了"。

这天有个单单瘦瘦的小伙子进得厅堂,怯生生地问周沧海:
"老板,我可不可以看看你们的菜单?"

周沧海将菜单给了他,他翻了翻,怯生生地问:"今天我想
请一位小姐吃海鲜,但我只有一百块钱,不知能不能安排下来?"

周沧海心想这恐怕不行,但一来他心生同情,二来他无端
地觉得何小姐也愿意想想办法,便让小伙子坐下等一等,他去
向何小姐报告。

何小姐冷笑道:"一百块钱也想来扣小姐!成本在降低呢!
现在的小姐也是越来越贱了。告诉他,不好办。"

"我觉得不像是扣小姐,也可能是请家人。"

"那也很难办。我们是做生意啦!"

但是,当周沧海打算去回绝时,何小姐拦住他,"不让你为
难啦,我去说。"

她给小伙子解释了几句,然后说出一句在深圳难得听到的
话来:"小弟弟,在这里生活不容易,多寄点钱养家,别太对不
起你太太哟!"

殊不知对方将头一仰,朗声说道:"我就是想请我太太。"

"真的!"何小姐脱口叫道。在深圳,酒楼里柔情蜜意款款
倾谈的绝不是夫妻。

小伙子竟然掏出了结婚证。

原来他是陕北延安地区的人——那是个很穷的地方——来
深圳打工已经四年,在深圳同一个甘肃来的打工妹相爱,女方
家中非常困难,要她回去当一个大款的外室,她不愿意。小伙

子将自己四年积蓄全部给了她家还债，勉强才获得同意娶她。

回了一趟西北办手续，根本无力在那边举行婚礼，诳家人说在深圳"隆重举行"，便溜回南方。

"就剩下100多块钱了，"小伙子说，"她在深圳也三年了，还一次海鲜也没吃过。我想请她进厅间坐下，正式吃一次海鲜，就算举行了婚礼。"

周沧海看到何小姐眼里噙满了泪水。她说："好吧，100块我替先生办下来啦！今晚上请带上新娘子来。"

小伙子走后，何小姐对周沧海说："请周先生准备一段祝辞，届时我们去贺一贺。"

她说，她来深圳已好几年，从未见过一次婚礼。在深圳，爱情最多——假如可以称为爱情的话——婚姻最少。"这里完全成了被婚姻遗忘的角落了。"她抱着胳膊，很兴奋似的踱着步，连连说着："在深圳居然有人结婚！在深圳居然有人结婚！"

接下来她做了一个不合"深圳法则"的决定："今晚海珠小厅不接待其他客人，专事婚礼。"

员工面面相觑，互相嘀咕：有没有搞错？海珠厅晚上黄金时间，翻好几次台的，营业额好几千……为这一百块！

更出格的是，下午，何小姐将周沧海带去服装店，为他买了一身西服。她打量着他，称赞道："周先生气派得很呐。今天那位新郎有的面子了。"她要让他去当主婚人。

回去的路上，何小姐有些激愤地说："我讨厌这里没有婚姻的爱情！我也不愿意看到没有婚礼的婚姻。"周沧海也就明白了何小姐的心。

所以，在他拟就的贺词里有这样的话："感谢你们把人类古老的美好带到了这块现代的土地上。感谢你们对人类尊严的保

护……希望你们彼此忠诚，而且绝不因为贫穷或者富贵抛弃对方……"

何小姐也就看到了周沧海的心。

何小姐的丈夫突然来到深圳。

这位丈夫白白胖胖，架副无框的眼镜，文质彬彬。周沧海感到了他对自己含有敌意。这个也好理解，但无法解释。但他不屑于故意回避何小姐，该说什么做什么，照说照做。

因为要陪丈夫，何小姐便将海鲜池的事都交给了周沧海。结果这天中午，在生意高峰将到的时候一个灾难出现了，海鲜一夜之间全部死光，连最耐活的白鳝也一条不剩。

周沧海当负全部责任，他想将海鲜池洗得干净些，用了碱。外行的好心闯了大祸。

何小姐被电话叫回，脸色惨白。她冲周沧海叫道："你害死我了！"

这一池海鲜价值近万元。这倒在其次，客人来了，点菜没有，这个店子的信誉就成问题了。在深圳对这一类事的反应总是特别灵敏。

"我赔……"周沧海完全乱了方寸。

"说得容易！你拿什么来赔？"

这一呛，倒让周沧海冷静了，他说："这一辈子还早呢，总有办法的。现在先救急吧，我来跑腿，客人点的菜由别家海鲜酒楼做成。"

何小姐也冷静下来，想想也只能如此。

于是客人点一样，何小姐电话就打到别处，周沧海也没完没了地跑腿。

这一天"乐天"酒楼等于替别家经营，但好歹没有坏掉信誉。

何小姐的丈夫突然走了，就像他的突然到来一样。何小姐没有去送行，如同那天没去接他。

周沧海估计这两口子有矛盾。

果然。这天深夜打烊以后，何小姐对他说："周先生如果不太疲倦，我想同你谈谈。"

两人在海珠小厅相对坐定。何小姐亲自去拿来一瓶法国葡萄酒。

然后她说："你写一张欠条吧，死掉的海鲜和营业额损失共计人民币 12000 元，由你负责赔偿。"

"可以。这很公平。"

"而且不如此不能服众。"她说。在周沧海写的时候她也在写。"这个欠条我要交给出纳。"

周沧海将欠条交给她时，她也将自己所写交给了他。那上边写着："周沧海所欠本人所有款项，当在他具备偿还能力时予以结清。"

周沧海非常感动。这表面上是在立字据，其实是在维护他的尊严。

何小姐问道："周先生，我对你感到奇怪。南下的学者不少，但明白自己不适合在这块商海里'游泳'时，都坚决地回去了。但你却好像要一直待下去。我想社会科学院好歹是国家养着的机构，你的公职不是还在吗？再怎么清贫，也比在深圳打工受罪强啊！"

周沧海说："你说得不错。你待我这么坦诚，我也以实相告吧！"

"我虽然是学戏剧理论的，从小却对侦探这个行当很感兴趣。从小学到大学，我身边发生的疑难事件，只要我愿意，没有不

去弄清楚的，九成以上都能如愿以偿。"

"那年我替一对夫妇弄清了他们患心脏病的孩子死于手术的真正原因。是院长为了中饱私囊，购买了南方一家乡镇企业组装的呼吸机——动心脏手术时用它代替人肺——冒了某公司的名牌，用这个孩子去试了机。"

"在中国，要弄清这一类真相是难以想象的，甚至副市长都对我说了这样的话：对医学失去信任，比医疗事故本身对社会的危害更大。我没买所有人的账。我不但弄清了真相，而且取到了证据。这对夫妇得到了还算过得去的赔偿。"

"支持我这样做的，仅仅是道义，毫无个人动机。但这个过程使我得到那位妻子的妹妹的热爱，这位妹妹后来嫁给了我。我们的女儿已经三岁了。"

"她的家人，包括我拼死相助的姐姐、姐夫，都反对她嫁给我，宁愿付给我高额酬金。但她做了自己的主。家人的反对，是因为我的职业注定了一生清贫。但她说，她不信连温饱也挣不到，只要我们愿意劳动。这句话至今感动着我的心。"

"但是后来，我妻子的心思开始变化。的确一个人要长久抵挡环境的影响是很难的。她终于也开始攀比，认为一个家庭不如别人富裕很是丢人。孩子降生以后她对一家人尤其是孩子的将来心怀恐惧……如果这一切，被我称为'当代中国女性的经济觉醒'还可以理解的话，她对自己青春将逝的惊慌，以及若隐若现的，要开发最后一抹青春价值的念头，却让我不知说什么好。"

"我知道不少这样的女子，很年轻时守得住自己，不年轻了反而乱来。"

"我不愿意她也像这样。为了她能够安心生活，我违背自己的意愿，决定南下挣一笔钱。"

"我当然知道在深圳这样的地方，除了游客以外，只有两种人：老板和打工仔。当老板得有资本——不管是个人的，或者国家的；而打工仔绝不可能发财。"

"我没有资本，但我可以当个特殊的打工仔。我坚信在深圳这种每天产生奇迹的地方有许多秘密。奇迹的背后一定是秘密。那么一定有人想保住秘密，而另一些人则想揭开秘密。那么我们说好，我替你揭开秘密，你给我丰厚的报酬。"

"妻子不愿意我南下。她对这里的情形已有耳闻，她担心我会发生她很不愿意的变化。但我深知现状绝不可能持久，所以我给她做了若干保证，从经济到人格；而她的姐姐姐夫也非常支持我去闯一闯，还借给我一笔钱，坚信我能够成功。"

"但是我没有成功。不是我的本领不够高强，而是——照我的理解——我每一次的受聘，实质上都是对肮脏勾当，甚至罪恶的直接参与。"

"譬如有一个老板，要我去弄清他的对手行贿政府某要员的钱数。他这样做不是为了揭发那要员，而是为了用高于对手的数目去争取他，以赢得那个众人垂涎的大项目——要我弄清的就是这个。我拒绝了。"

"譬如一位江西来的医生要弄清他已来深圳两年的妻子现在何处。那位妻子已经给一大款包租了，大款叫我去说服那位丈夫回去，两年内不得踏上这块土地。我没答应大款，却告知那丈夫实情。结果丈夫找去，妻子没见着，挨了一顿死揍。大款自然不会付钱给我，他没叫人追杀我已是手下留情，那位被打的丈夫回去的路费还是我给的。"

何小姐说："你并没有做错。人在任何情况下都不应该忘记

自己是人。"

"这一切是没有错，我虽然因此生计艰难，但决不后悔。只是我犯了另一个错误：从打第一个小小电话开始，慢慢铸成大错，使我留也难留，归也难归。"

就是：给妻子一次又一次地谎称"发展得还不错"。

周沧海到了深圳以后不久，就找到一次业务，这种业务完成虽然棘手而冒险，但成了报酬很高，不成也有辛苦费的。他很兴奋，立刻给妻子打了个提前报喜的电话。"可别小看了我"，打电话时有这样的话。"谁在小看你了？"那一边也娇嗔过来。周沧海满心温暖，踌躇满志。

但由于进行到初露端倪时他的断然停止，他一分钱也没拿到，自己还有若干倒贴。

然而不敢让妻子失望，就打了第二个电话，说："成了，报酬还可以。"那一边既深信不疑，又推波助澜，说要告诉姐姐姐夫，让大家都高兴。

周沧海暗暗叫苦。只好寄希望于今后的运作了。

"我为什么要让自己编的神话来套牢自己呢？"周沧海自问，"是我害怕。我害怕妻子对我失去信心。我们天各一方，在当今这种风气之下，我对她难以放心，就只好用她对我的信心来约束她。我千万让她失望不得。"

"就是说，我在对她进行欺骗，欺骗她的信念，以控制她的精神。"

后来他才知道，南下淘金者中，对亲人编织神话进行这种良善的欺骗的大有人在。

因此他们也同周沧海一样，作茧自缚，越陷越深。

"有时候，我甚至希望自己暴死在这里。这样我就可以不去面对今后的一切。"周沧海说。

何小姐说："我也有相同情形。我临来时，是夸了海口的，来了后遭了许多挫折，筋疲力尽之时，真希望自己患了重病被送回家中，让重病来遮自己的脸面。"

两人相对叹息了一回。

何小姐问："你这种弄清真相的运作，依靠的是什么呢？就是说，比一般人的强处在哪里？"

"无外乎三种手段：直觉、分析和调查。"

"也没有什么玄妙的超常手段啊……那你能不能说出这次我先生来这里，我们之间发生了什么？"

周沧海盯着她，"既然这么问，想必是不愉快的事了，而且耿耿于怀；那么对于你这种人来说，不太会因为物质的原因……这么说吧，你们之间有过一次较为激烈的路线之争，事关你的尊严。"

何小姐垂下眼睑。半晌，她说："你说得对。"

原来，何小姐的丈夫是内地一个行政官员。这次来深圳，是想说服她卖掉酒楼，改做国际贸易，尤其是对日贸易。

他已经替她做了许多工作，重要的关系都已理顺。"本来我也同意改做贸易，因为开酒楼相当辛苦，而且实际上利润不大。"

这一点周沧海也明白，到这里来白吃白喝的权势人物是越来越多了。

但有一个条件何小姐无论如何不愿接受：被某主任认做干女儿。

这个主任何小姐是认识的。他是某政府机构在深圳开办的外贸部门的负责干部，对她很好，常常在"乐天"海鲜酒楼来举办业务宴请，这对于一个饮食老板如何小姐，简直是衣食父母。

何小姐待他，用心非同小可，既要巴结，又要防范。

但她就是不愿当他的干女儿，她宁愿让他吃回扣，"我不是讨厌他，"她对丈夫说，"我不愿当任何人的干女儿。"

丈夫说："人家那么一把年纪了！"

她说："人老了越应自爱，"自己有亲女儿，还认什么干女儿！"

丈夫说："他的小儿子还是我的下级嘛，他敢对你做什么？"

她说："我不怕任何人想对我做什么！这个还得看看我的心思嘛！问题是，在我们这里，人们对干女儿这个概念，已经有了心照不宣的理解。我不愿意任何人说这个女老板是某某的干女儿，我不当任何人的干女儿。"周沧海说："何小姐，你做得对。"

"但是我先生已经给那位老人家说好了，他说我非常高兴。这下他怎么下台？我说一切都是你做的，我什么也不知道，你自己去处理好了。"

丈夫怎么处理？只好自己打道回府。外贸的设想只好告吹。

周沧海也罢，何小姐也罢，还从未像这样与人深谈过。两人都有遇到知己的感觉。直到天将破晓，才分手略事休息。

第二天下午，周沧海在酒楼外偶然碰见一个人，生活立刻发生天大的变化。

这是一个其貌不扬的男子，同不久前的周沧海一样在酒楼外徘徊，同周沧海目光相碰。

周沧海感到这人眼熟，不由看了他一阵，这人便像遇到救星一样凑了过来，招呼他。

周沧海立刻想起，这是家乡的李医生。

原来当初在那家医院落实医疗事故时，这位李医生才从医大毕业不久，尚未完全"社会化"，由于知道个中真由，激于义愤，给周沧海提供了很有价值的线索。

李医生说："周老乡，你请我吃顿饭吧，弄点肉，猪肉就行，我给你告个密——你家里的。"

周沧海立刻将他领进来。他明白这人也跟前一段的自己一样，是个吃不饱。

他给炒了两个菜。李医生吃第二碗时开始说话。

原来那次呼吸机事故以后，院长慢慢地知道了一些情况，对李医生便处处刁难。最近的这一次，是故意卡着职称不给他评。

李医生就想离开医院，索性南下发展。后有朋友给他在深圳联系了一家康复中心，他还亲自来看过，对待遇呀什么的都满意，他自己反正尚未结婚，无牵挂，就这么辞了职来了。

来了以后这边变了卦。本来说好了是心科，现在要他干妇产科，"正儿八经给人治病也还好说吧，多数时候是给富婆们按摩。这些满身松肉的老娘们舒服得哼哼唧唧的，她要高兴了还给你小费——我他妈都成什么了？"

他愤然离去，又一个怀揣绝技的流浪汉诞生了。

李医生吃了四碗饭。他问："你怎么不问我告什么密？"

"要我请客罢了。告什么密！"

"周老乡呀周老乡，"对方长叹一声，"你把别人的真相弄得光天化日，你自己家的真相倒是昏天黑地。"

周沧海吃了一惊："真还有什么事呀？"

李医生正色道："你的老婆傍了一个大款。"

半个多月前，圣诞节前夜，所谓平安夜的，李医生和一帮朋友也凑洋热闹，到市中心的"华彩"大厦打保龄球、吃宵夜。

在三楼的服装厅，他看见两个美人在试大衣，眼睛一亮，但立刻想起这就是那两姐妹——当时医院同仁给取了绰号大乔、

小乔的，大乔就是病孩的妈妈，小乔后来嫁了周沧海——当时医院的人都说难怪这大汉那么卖力呢！

李医生扫了一眼标价，都是四千五千一件的，心下明白定有出钱的主儿。再左右一看，不由吃了一惊，竟是姚老板。

这姚老板叫姚主良，是新加坡"万隆"珠宝行在此地的总代理，自然是大款一个啰，但却是个心脏病患者。

姚老板犯了病，自然由院长亲自给他处理。院长就有院长的本领，一处理就好了，过不了多久你又得来，所以姚老板是这个科室的常客，大家都认识他，一切也不说破。

这会儿，姐姐要了件红色的，妹妹要了件米黄色的，姚老板掏了一张牡丹卡付了账。

李医生想，这老板总不至于同时泡两姐妹吧？那么究竟是哪一个呢？不由起了极大的兴趣。

次日他在医院与同事聊起姚老板，知道他喜欢住在太平山庄的别墅里。有一次他在那里犯了病，这位同事与院长一道去给他治过。

现在的人都不大打探别人隐私了，但由于李医生对周沧海印象很好，所以他不愿意姚老板泡的是那个妹妹小乔。他不落实，心便不得安宁。

就这样，他走过几次太平山庄七号楼前，终于见到姚老板那辆"宝马"开了回来。

"那是一个周末的晚上，"李医生说，"姚老板亲自开的车。你的老婆下了车，等姚老板将车开进车库以后，就挽着他的胳膊进了楼。"

"一切都是真的？"周沧海镇静地问，"有没有弄错？"

"有半句假话，或者错误，你弄死我。"

次日周沧海向何小姐辞工辞行。

何小姐什么也没问，送了一句话给他——

无论多大的事都会过去的，是真男人就既不要伤人，也不要自伤。

两年以后，沿海经济政策有了很大的变化，何小姐卖掉了酒楼，回到内地。

回来的第二天，就有人传呼她，她很诧异，一回电话，竟是周沧海。

"你怎么知道我是此地人？"她高兴地问，一种久违的亲情弥漫心头。

"你忘了我是干什么吃的？"

"噢！伟大的真相专家啰！"

立刻约好见面一叙。

周沧海开着摩托车来，将何小姐搭到国道一侧的一处农家小院里。"看惯了南方的豪华，换换口味吧。请你来吃家乡的青胡豆！"他说。

"太好了！我的口水都流出来了。"她已经五年没吃家乡菜，尤其是田园风味的家乡菜了。"你在这里有亲戚？"

"没有，是乡亲，我常常到不相识的农家搭伙食。春天吃青胡豆，夏天吃嫩包谷，秋有新米饭，冬有腌腊肉。"

何小姐立刻意识到这是一种"快乐的单身"式的自嘲。那么他的家庭——她深深地看看他。

两年不见，他老相了许多，但英武依然，而且增添了一种让女人心动的东西，按时下的说法，叫沧桑感。

他将一张小桌子搬到一丛丰肥的竹林下，面对一轮润泽欲滴的夕阳。盆地特有的薄雾纱绕一般飘在山间，让人莫名地惆怅，又莫名地慰藉。他用农家的土碗喝烈酒。

他告诉她，已经离婚，妻子嫁给了大款。

两年前他从深圳回来后，很快清楚了一切。到后来妻子也不遮掩了，她也有她的理由，譬如你周沧海既然在那边发展得不错，为什么没寄钱回来呢？深圳是那样一种花花世界，你的钱用去干了什么，还不让人够想的吗？周沧海无言以对。说也说不清楚的。

还有就是寂寞。越是现代人，越是耐不住寂寞；越是看见别人的不寂寞，自己越寂寞。

认识姚主艮，是她姐姐，姐姐是在医院里认识他的，最初的心思，是让妹妹排遣寂寞，还是有某种设想，很难说了。

周沧海同姚主艮见了面。这个姚老板也是一条汉子，他坦陈自己同她的一切，说："只等你回来办离婚手续。"他有他的一套人生理论。他说钱是臭的，但它是生存的第一条件；能挣到大钱，说明男人的能耐，这个有钱的男人理所当然地比没钱的男人更能得到女人。

而且他是要娶她，不是随便玩玩，开始周沧海不相信。姚主艮说："我不是不玩女人。玩多了就知道，就那么回事，大同小异，现在我要的是家庭和后代。我告诉你，老弟，我以前的妻子，是在我还没成大款以前，跟大款跑了的。我认账。"

周沧海也认了账。"我后来同她深谈过几次。她告诉我，她那个家族，二十几号人，没有一个财力雄厚的，几个老人有一阵说不清楚的恐慌感，所以都怂恿她改嫁姚老板。"

于是他又明白了这样一种时尚：一个家族中至少得有一个大款。

"我对她说，行啊，牺牲你一个，幸福全族人。我成全你。"

但周沧海与姚主艮的战争并未停息，原因在儿子，他有探视权，但姚主艮事实上不允许。

周沧海虽是穷光棍，但对于女人，他有他的优势，他比姚主艮高大、英俊、年轻，而且受过高等教育和艺术熏陶，姚主艮非常担心那个5岁的小男孩成为媒介，他老婆同前夫藕断丝连。

但周沧海坚决要行使探视权，为此前舅子为了维护后姐夫的利益带人将周沧海揍了一顿。周沧海也不含糊，他暗暗弄清"万隆"珠宝行的几笔业务后，让姚主艮将漏掉的税金20万乖乖补上了。

目前是，姚主艮想与周沧海谈判，周沧海懒得理睬。他不安电话，不配BP机，行踪不定，谁也找不到他。

夕阳如饱浸了酒汁，变得更大更软；微风吹过竹林，沙沙有声；几片隔冬的竹叶飘落下来，有一片竟然掉进酒碗之中，如远古祖先的独木舟。

何小姐目光迷离，轻轻叹道："真美啊……周兄你知不知道，我其实是你的校友？"

"我早就知道了。"

"怎么可能呢？我在校期间并不是现在这名字啊！"

"在深圳，我第一眼看见你，就料定你是表演系出来的。那种独有的风范与韵致只能意会不能言传。但我并不知道你是哪所大学。当你要求看我的毕业证时，我一切都明白了。"

"那你为什么不以校友相认呢？"

"我宁愿你是在帮助乞丐，而不是怜悯校友。你为什么又不说破呢？"

"也不过是为了保护周兄的自尊。我想像你这样的汉子，宁愿被素不相识的老板接济，也不愿在校友面前露出窘况，是吗？"

"正是这样。真是知根知底，善解人意的好妹子啊！我敬你一杯吧！"端起酒碗，一饮而尽。

"在发达而文明的南方，人情淡如水，人与人之间，也很难以实相告，不敢深交。只有同周兄在一起，才有面对自己人，放开戒备的感觉。"

"一连叫了三次周兄了，"周沧海认真地说，"以后何不干脆兄妹相称？"

"好极了！"何小姐拍手道，"我不愿给任何人当干女儿，但我愿意给你当妹妹。"

回去的路上，何小姐说打算就在家乡发展，"在深圳挣的钱并不太多，但也可进行一项中等大小的投资，只是目前不知什么项目合适，周兄替我调查一下好不？"

"当然可以。但据我所知，本地投资环境还很不成熟。没有背景的私产，一投出去就给各方套住，肉包子打狗。你挣的那点血汗钱先好好保住，不妨找一家外资企业去当高级雇员，既休养生息，又权当实习。等条件成熟，看准了，再决然投资，怎么样？"

"说得有理。那么也请哥哥替我问问。"

几天以后，何小姐进了台商詹先生的"鼎旺"公司，最先只负责销售业务，不久升做总经理助理。

这一天，鬼使神差似的，周沧海给何小姐打了个问候电话。那一头立刻哭起来说："我正要来找你，我大祸临头了。哥哥快来！"

她的儿子失踪了。这之前是丈夫弃她而去。

造成这一切的，是汪丁，他打电话给何小姐的丈夫，说她同老板有染，全公司都知道。而且他还有证据。

证据是两样，一、照片：何小姐在替詹老先板脱下毛背心；二、何小姐的手表，是在詹老板卧室床下找到的——这个有足够的证人。

汪丁本来想同何小姐结成联盟，共同侵吞老板的资产和利润，被拒绝，于是出了此招。

何小姐对周沧海说，她同情詹先生这一把年纪了还漂泊他乡。投资此地，生活上又不习惯，所以她像关心老父亲那样尽量多照顾他。"我亲手给他织了一件毛背心，让他试一试，我在一旁给他拉拉顺时，被汪丁偷拍了下来，解释为脱衣。"的确光看这照片，真还说不清是穿还是脱。

"你相不相信我的解释？"她问周沧海。

"我完全相信。"

但她的丈夫不相信。她本来是怕他多心，才背着他织的毛背心，结果倒弄成这样。

至于手表，的确是她的，而且是丈夫送的订婚礼物，上有特别的镌刻。"我干活时喜欢解下手表，所以常常找手表。但这一次却总找不到……现在回想，这只表在詹先生床下发现是完全可能的，是詹先生将从台湾回来时，我亲手替他收拾房间，取下手表放在一处，不知怎么给拂到床下去了。"

"结果是你自己没找到，倒让人家发现了。"

但丈夫也不相信这种解释。而且他还说出让妻子伤透心的话："现在我可以肯定你在深圳都做了些什么了！我从来就没相信过你居然可以在那种地方守身如玉挣到钱。"

她为了家庭的幸福远走他乡，那般孤独与艰辛，那般自守自律，到头来却得到如此一个结论，"我到哪里去讨公道？"

内地的人似乎已有一种共识，凡是南下的女子，一定都有暧昧事，"除非她是个丑八怪！"周沧海不止一次听见这种评说。

这就是所谓世俗。何小姐挣扎到最后，还是逃不脱世俗的伤害。

"我要起诉汪丁的诬告罪！"何小姐说。

"没有用处。"周沧海说,"诬告不能成立。他所提供的,都是事实;你所遭受的,只是对事实的理解——曲解而已。谁也没有罪!"

半晌,他平静地说:"一切交给我了,我替你讨回公道。我要让合法伤人之人,接受合法的惩罚。"

周沧海找到了汪丁,以一个从中斡旋者的身份与之谈判,他请他吃饭,殷勤有加。

他对汪丁提出,只要汪丁能给何小姐的丈夫出具书面解释,说明两项证据都是误会,何小姐愿意与之合作。

周沧海此举,只在了解汪丁其人;没想到汪丁倒将妻子柳眉供了出来。

胜利在望的汪丁有些得意,同时也想减轻一下自己的恶行,说"其实我也是让老婆逼的"。

先是他替詹先生找一份烘焙资料,在床下捡到了这只小巧的金表。他知道这是何小姐的。有一次在车间检查时她要亲自动手,就将它解下来让一旁的他拿着。

他其实并不认为何小姐与詹老板有染——不是因为何小姐,而是他看出詹老板其实相当正派,而且信仰佛教。

但他将手表悄悄揣了起来。到这一步时只是贪小便宜性质,这只金表能值几个钱,而且何小姐掉了表居然也没开腔,说明她也不在乎。

这只表却被柳眉发现了。汪丁不愿妻子怀疑自己有不轨,道出实情。柳眉却眉开眼笑地说何小姐肯定同老板有问题。

因此,不能便宜了何小姐,以此为把柄,要挟她的思路就出来了。柳眉是起源。

柳眉说:"我们同他近日无冤往日无仇,不想害她,但她既然占着大便宜,分一点小便宜出来也公平。"她的要求不高,弄够 8 万元就行。

汪丁说柳眉一天想的就是钱。"家中无钱难留美妻。"他半醉着说了这句清醒话,居然还摸出一纸文书,是他与柳眉订的"生死文书",上面有这样的话:"汪丁两年内不能挣到 10 万元,就不能干涉柳眉的行动自由。"

周沧海盯着"柳眉"二字……汪丁含含糊糊地说"天下的美女都是一样的心思……"

周沧海说:"我不这么看。"

次日周沧海去见了夺妻仇人姚主艮,谈判成以下几条协议:

一、周沧海三年内不得探望儿子;

二、周沧海永远不与前妻约会;

三、姚主艮将其座车"宝马"和太平山庄七号楼别墅借周沧海使用半年。

这天,何小姐上班来到办公室,看到桌上一个硬纸盒,里面是一尊瓷观音,一尊铜罗汉,一个信封,信封里是一纸雪白的短笺,上用硬笔书写唐朝贾岛《剑客》一诗。信封背后有一行字:请订一份《法制与生活》报。

尾　声

周沧海借助姚主艮的条件,将自己扮成了南洋巨子,让柳眉欲嫁他;

给何小姐的《剑客》诗,是说:"我替你报仇!"

给柳眉的《剑客》诗,是说:"看剑!"

他利用了天时、地利、人和让汪丁自取灭亡。天时:五灵湖小气候,那段时间的夜雾和风向。地利:数天大雨,五灵湖水位超过了堤坝。人和:汪丁不会游泳——这是柳眉无意中说

出来的。这个人和倒有些讽刺人。

　　——以上系安明对"五灵湖惨祸"脉络的整理归纳。老板、三空和大叔都认可。

　　只有一个问题费解，周沧海为什么要让柳眉生还？他先教会她游泳，出事那天又三次授以救命的口诀"成了落水狗，看着月亮游"？

　　安明的理解：让柳眉活着，比让她死去惩罚更大——她此生再也摆不脱羞辱与悔恨。

　　老板的理解：欧阳叹了一口气，哲人狄德罗说，对于男人，没有真正可以引为仇人的女人。"柳眉事实上只是何小姐的仇人。周沧海同她相处长达数月，对她可能也有了一些感情，从而既要报仇，又有恻隐——总之人就是这样一种东西，复杂得很。"

　　大叔笑着说："你两个的看法又不矛盾，加起来就行了！"

　　报纸出来了。周沧海那篇《绝命书原系伪造　死因中恐有仇杀》如约登出。

　　老板突发感慨："狄德罗老早就说过，法律永远是被动的。我现在有了体会，汪丁害得何小姐人格蒙污，家破人亡，周沧海轻轻置他于死地，居然谁也没有触犯刑律……法律的确不可能超前于行为，但怎样提高法律的应变效力和预测能力，却应当成为研究课题了。"

　　众人一时无语。都明白，这篇文章是写给何小姐看的，让她知道他替她做了什么。

　　昨天周沧海同安明分手时说：

　　"我并非报答谁的知遇之恩。我并未将何小姐在深圳救我的急难看得太重。我是企图保护一个物种：自强自爱有情有义的——美女。"

家园落日

很久以来，我都有种感觉：同是那个太阳，落日比朝阳更富爱心。

说不清楚这是因为什么，当然也可能是：眼睁睁看它又带走一份岁月，英雄终将迟暮的惺惺惜惺惺，想到死的同时就想到了爱。

……这么说着我想起已到过许多地方，见过各种落日。

戈壁落日很大，泛黄古旧，半透明，边缘清晰如纸剪。此时起了风。西北一有风则苍劲，芨芨草用力贴紧了地，细沙水汽一般游走，从太阳那边扑面而来，所以感到风因太阳而起。恍惚之间，太阳说没了就没了，一身鬼气。

云海落日则很飘忽柔曼，宛若一颗少女心。落呀落，落到深渊了吧，突然又在半空高悬，再突然又整个不见了，一夜之后从背后起来。它的颜色也是变化的——我甚至见过紫色的太阳。这时候连那太阳是否属实都没有把握。

平原落日总是一成不变地渐渐接近地平线，被模糊的土地浸润似的吞食。吞到一半，人没了耐心，扭头走开。再回头，什么都没啦，一粒种子种进了地里。

看大海落日是在美国。或许因为是别人的太阳，总感到它

的生分不遂意：你无论如何也看不到太阳是怎样浸进海水的，隔得还有一巴掌高吧，突然就粘在了一起——趁你眨眼的时候。这时美国朋友便骄傲地说，看，一颗水球在辉煌地接纳火球了。我说唔，唔唔。

说到底，我看得最多的，还是浅缓起伏的田野之上的落日。一说起它想到庄稼和家园的落日，普通得就像一个人。

在我居住的中国川东，就是这种太阳。

我常常单骑出行，驻足国道，倚车贪看丘陵落日。

那地势的曲线是多层的，颜色也一一过渡，从青翠到浓绿，从浓绿到黛青，而最近夕阳之处一派乳白，那是盆地特有的雾霭。

似乎一下子静了一阵，太阳就这样下来了：红得很温和，柔软得像泡过水，让我无端想起少女的红唇和母亲的乳头。

有时候有如带的云霞绕在它的腰际。

有时候是罗伞般的黄桷树成了它的托盘。

农舍顶上如缕的炊烟飘进去了，化掉了；竹林在风中摇曳，有时也摇进去了。

当路人不顾这一切时，我很焦急，很想说，喂，看哪！

两只小狗在落日里追逐；老牛在落日里舐犊……有一天一个老农夹在两匹马之间，在光滑的山脊里走进了太阳。马驮着驮子。老农因为老了，上坡时抓着前面的马尾巴。后面的马看见了，就将自己的尾巴不停地摇着。

我不禁热泪出眶，一种无法描述的爱浸透全身。

这个迟暮的老农！他随心所欲的自在旷达让我羞愧……我突然想到就人生而言，迟暮只有一瞬，长的只是对迟暮的忧虑而已。

这个起伏田野的落日啊……我曾经反复思索这种落日为什么特别丰富——曲线？层次？人物活动？抑或角度的众多？

最终承认：仅仅因为它是家园落日。

家园！这个毫无新意的单纯的话题！

家园的感觉何以如此说不清？譬如在我生长的重庆——我心知凡是它能给予我的，其他地方也能给予，然而一切的给予，又代替不了家园。

关于这个，一切的学术解释都是肤浅，似是而非的。只能说：家园就是家园。

而人在家园看落日，万种感觉也许变幻不定，有一种感觉却生死如一：

那才是我的太阳啊！

石　榴

　　12年前我搬来这里，最高兴的是从此有了阳台，可以养花。

　　但这个阳台不理想：冬天的阳光得不到，夏天两头晒。

　　所以我的盆花活得艰难，只要我稍有懈怠，它们立刻枯萎，而且救不过来。就这样相继死去许多株，于是栽栽种种，我阳台上的盆花不停地变换。

　　但是有一株从来没有死过，就是石榴。它是唯一的元老。

　　当初买它的时候，是小苗；花农要价高，说是果石榴。有一种叫花石榴的只开花。

　　我不懂行，但不愿凭空怀疑人，就买下了。真还是果石榴。

　　从此每年7月，它开花、结果，到国庆节时，大的已如小孩子儿拳头，胭脂般地红着；有的还煞有介事地绽开，如画上那样。但籽粒微酸，不好认真吃。

　　于是我产生了个观念，石榴易活，我家石榴尤其不会死。

　　然而今年情况不妙。7月过完，它一直不开花，8月中旬，枝叶突然开始发黄——这个迹象同其他盆花的死亡先兆一模一样。

　　我开始全力抢救它，例如每天浇水喷水若干次，检查病虫害……它依然每况愈下。

到了中央气象台宣布今年的酷热及持续时间是建国 40 多年来之最时，我明白石榴完了。

那几天我老想着《二六七号牢房》一文中老爸爸的话："他连星期肉菜汤都不吃，他连星期肉菜汤不想吃。"（他指伏契克——作者，捷克革命家——受刑严重，失去食欲。）

连石榴都晒死了，连石榴都晒死了。

有几天我不再管它，静等它的死去。

一个壮汉对一株盆花的伤感无法诉说。

但后来我变了主意。不是含有一线希望，而是出于一种情分：你陪伴我多年，我照料你到死。

我照施肥、照浇水、照拔草、照松土，你要怎样是天意了。我将我的心尽到——石榴啊！

9 月 10 日，即今年酷暑强弩之末时，外出两天的我归来大吃一惊：

石榴满枝红花，浓如鲜血！

它什么时候打的苞，谁也不知道！

数一数，35 朵，它从来没在 9 月开过花！它从没开过这许多的花！而且它的枝叶依然枯黄。就是说，它在死亡线上挣扎了整整一个夏天后，它憋了整整一个酷暑的生命全部用来开花结果了。

图书在版编目（CIP）数据

莫怀戚小说·散文 / 莫怀戚著. -- 长春：
吉林文史出版社，2014.6（2023.9重印）
（名家精品阅读）
ISBN 978-7-5472-2210-2

Ⅰ．①莫… Ⅱ．①莫… Ⅲ．①小说集－中国－当代②
散文集－中国－当代 Ⅳ．①I217.2

中国版本图书馆CIP数据核字(2014)第129947号

名家精品阅读

莫怀戚小说·散文

MOHUAIQIXIAOSHUO SANWEN

著者/莫怀戚
责任编辑/陈春燕
责任校对/张雪霜　封面设计/新华智品
出版发行/吉林文史出版社
地址/长春市人民大街4646号　邮编/130021
电话/0431—86037507
网址/www.jlws.com.cn
印刷/北京一鑫印务有限责任公司
版次/2014年9月第1版　2023年9月第5次印刷
开本/720mm×1000mm　1/16
印张/10　字数/200千字
书号/ISBN 978-7-5472-2210-2
定价/45.00元